조선의 봄

매검향 장편소설

FUSION FANTASTIC STORY

조선의 봄 5

매검향 장편소설

초판 1쇄 찍은 날 § 2017년 5월 18일
초판 1쇄 펴낸 날 § 2017년 5월 25일

지은이 § 매검향
펴낸이 § 서경석

편집책임 § 이선근
편집 § 김슬기

펴낸곳 § 도서출판 청어람
등록번호 § 제387-1999-000006호
등록일자 § 1999. 5. 31
어람번호 § 제1-2697호

주소 § 경기도 부천시 부일로 483번길 40 서경B/D 3F (우) 14640
전화 § 032-656-4452 팩스 § 032-656-4453
http://www.chungeoram.com
E-mail § chungeorambook@daum.net

ISBN 979-11-04-91331-0 04810
ISBN 979-11-04-91219-1 (세트)

조선의 봄
5
매검향 장편소설
FUSION FANTASTIC STORY
도서출판
청어람

朝鮮春
조선의 봄

목차

C O N T E N T S

제1장

정변(政變)—쿠데타

"첫째, 현재 우리가 점령하고 있는 땅 전부를 조선의 영토로 인정해 줄 것. 둘째, 현재 우리가 잡고 있는 귀국의 포로는 절대 돌려줄 수 없소. 돌려받으려면 그만한 전쟁배상금을 물어야 하오. 셋째, 우리 조선에게도 영국에게 개항한 항구만큼은 개항을 할 것. 아니 천진과 대련도 개방해 주시오. 넷째, 이를 청 황제 명의로 수결하고… 만약 이 조건의 하나라도 들어주지 않으면 조선은 본격적인 청나라 정벌전을 벌일 것인즉 각오하시오. 이상!"

너무도 엄청난 조건에 흠차대신의 입이 떡 벌어지는 것은 당연했지만, 아국의 주상이나 대신들이 더 놀라 입을 벌리고 있는 모양새는 병호를 불편하게 만들었다. 그래서 병호가 헛기침을 하니 그제야 표정 관리에 여념이 없는 주상 이하 대신들이었다.

이런 가운데 심사숙고하던 이성원이 심각한 안색으로 입을 열었다.

"아국으로서는 그 어느 하나 들어줄 수가 없소. 결렬이오."

"그래요? 그럼 우리 어디 재미나게 한번 놀아볼까요? 하하하……!"

대소를 터뜨리던 병호가 갑자기 웃음을 머금고 싸늘한 표정으로 빈정거렸다.

"그 말을 내심 나는 학수고대하고 있었소. 칼을 뽑은 김에 아예 우리의 고토인 요하 이동은 물론, 연경까지 진격하여 조선의 매서운 맛을 보여주고 싶었으니까. 하하하……!"

병호의 오만방자한 태도 때문이 아니었다. 입에서 나오는 그 말 한 마디, 한 마디가 간이 작은 사람은 오금이 저려 견딜 수 없을 정도로 광오했기 때문에, 주상 이하 모두 조마조마한 심정으로 그의 입만을 주시하고 있을 때였다.

이성원이 심각한 안색으로 병호의 말을 받았다.

"아무리 내가 전권을 위임받았다 하나 귀국의 조건이 너무 엄청나서, 내가 결단할 문제가 아니오. 하니 시일을 좀 주시오."

"좋소. 말미를 좀 드리지요. 헌데 이렇게 되면 흥차나리께서 심심할 것이오니, 그간 우리 조선 해군의 화력 시범이나 보시는 게 어떻겠소? 해삼위로 가서 말이오."

병호의 말에 잠시 심각한 표정으로 생각에 잠겼던 이성원이 물었다.

"얼마의 여정이오?"

"음… 넉넉잡아 칠 일이면 충분할 것 같소. 그곳까지 갈 필요 없이 내 인천 앞바다로 불러들이겠소."

이때였다. 병호의 말을 제지하고 나서는 자가 있었다.

"잠깐만!"

금번 주상의 총애로 어영대장에 오른 홍재룡(洪在龍)이었다.

그간 원역사대로 왕비로 책봉되었던 김조근의 딸 김 씨가 1843년(헌종9) 16세의 나이로 소생 없이 요절하였다. 그 후 들인 계비가 홍재룡의 딸로, 1844년 딸이 헌종의 계비 명헌왕후(明憲王后)로 책봉되자, 본인은 익풍부원군(益豊府院君)에 봉하여졌으며 영돈녕부사에 올랐다.

그리고 작금에는 주상의 총애를 받아 얼마 전 어영대장 직위에 오른바 있었다. 그런 그자가 병호를 제지하고 나선 것이다. 그러나 병호는 그의 막강한 위세에도 불구하고 전혀 개의치 않고 물었다.

"무슨 일이오?"

"방금 그 말이 청국에도 위협이 되겠지만 주상을 위협하는 말도 되는 줄 모르시오?"

홍재룡이 눈을 부릅뜨고 하는 말에도 병호는 침착한 표정을 잃지 않고 대수롭지 않다는 투로 말했다.

"아, 거기까지는 미처 생각지 못했습니다."

이 말이 홍재룡에게는 빈정거리는 것으로 들렸는지 갑자기 그가 노성을 지르며 추궁했다.

"정녕 네가 역심을 품은 것인가? 언제 어떻게 그 많은 무력을 길렀으며……."

"잠깐!"

이상하게 돌아가자 병호가 서둘러 제지를 하고 말했다.

"지금 적국의 흠차대신이 보는 앞에서 자중지란을 일으키자는 말이오?"

"끙……!"

"병호의 말이 맞다. 나는 오랜 벗으로서 그를 믿는다."

주상의 이 말에 김문 사람들의 표정이 회색으로 물드는데 반해, 다른 대신들은 뜨악한 표정이거나 벌레 씹은 표정이 되어 양인을 번갈아가며 주시했다.

그러나 병호는 장내의 반응은 전혀 개의치 않고 청국의 흠차대신 이성원만을 몰아붙였다.

"어찌하시겠소?"

"볼 수 있다면 인천 앞바다에서 보고 싶소."

그로서는 당연한 반응이었다. 조선 대신들의 하는 꼴을 보아하니 자중지란이 일어날 것 같았기 때문이었다.

"좋소! 단, 오 일만 기다리시오."

"그렇게 빨리 되겠소?"

"물론이오."

엄숙하게 말한 병호가 갑자기 홍재룡을 노려보며 말했다.

"국구가 되었다고 너무 날뛰지 마시오!"

"뭐라고?"

양인이 또다시 싸움을 벌일 듯하자 김좌근이 갑자기 나서서 개입했다.

"잠깐!"

모두 김좌근을 바라보는데 그가 갑자기 부복해 주상께 고했다.

"김병호를 차제에 군의 요직에 등용하시는 것이 어떠신지요? 전하!"

"흐흠……!"

갑작스러운 말에 주상이 침음하며 생각에 잠기는데 좌근의 말이 계속해서 이어졌다.

"이미 기른 무력을 폐하기에는 너무 아깝고, 그렇다고 방치한다면 그 또한 사직의 큰 우환. 따라서 소신이 보기에는 그를 군 요직에 등용하시어 가진 군사력을 사직을 위해 사용케 하는 것이 가장 바람직할 것 같사옵니다. 이는 주상이 그를 믿으신다 하시니 드리는 진언으로, 정 꺼려지신다면 당장이라도 역신으로 다스리십시오. 전하!”

좌근의 끝말에 병호의 안색마저 변하는데 갑자기 주상이 대소를 터뜨리며 말했다.

“하하하! 언제 우리 조선이 흠차대신을 앞에 놓고 큰소리 한번 쳐볼 기회가 있었는가? 과인은 실로 병호를 믿느니 김병호는 명을 받들라!”

“네, 전하!”

얼결에 병호가 그의 면전에 엎드리니 주상 환이 소리 높여 외쳤다.

“경이 원하는 관직이 있다면 서슴지 말고 말하라! 과인의 자리를 제외하고는 다 내어주리다.”

“대원수이옵니다, 전하!”

“대원수?”

“조선의 무력을 오롯이 통제할 수 있는 벼슬인가 하옵니다. 전하!”

“하하하! 그 배포만큼이나 꿈도 야무지구나! 좋다! 허한다! 됐소?”

“성은이 망극하옵니다, 전하!”

"하하하! 보았소? 흠차대신 양반!"

"끙……!"

괴로운 신음을 토하며 얼굴을 돌리는 이성원이었다.

"자, 오늘은 이것으로 파하겠소. 흠차대신은 속히 황제의 비답을 받아오길 바라오."

"시일이 좀 걸릴 것 같소."

"그 안에 아군 해군의 위용을 보는 것도 좋겠지요."

"끙……!"

괴로운 신음을 토하던 그가 서둘러 작별을 고하고 모화관으로 향했다.

그러자 주상이 일갈했다.

"대원수만 남기고 모두 물러가시오."

"명을 받들겠습니다, 전하!"

잠시 후 모두 나가자 주상이 빙긋 웃으며 병호에게 물었다.

"정말 청국을 압도할 수 있는 무력이 있소?"

"신은 절대 허언을 고하지 않사옵니다."

"그래, 내 친구 병호라면 절대 내 앞에 거짓을 고할 리가 없지. 하하하! 통쾌하다, 통쾌해! 하하하!"

눈물마저 찔끔 흘린 주상이 갑자기 심각한 안색으로 다시 병호에게 말했다.

"청국을 위협하는 건 좋지만, 솔직히 과인도 경에게 위협을 느끼는데 경은 이를 어찌 생각하오?"

"소신, 절대 전하 앞에서만큼은 두 마음을 품지 않사옵니다, 전하! 통촉하여 주시옵소서!"

"우리 열성조… 아니, 하늘에 대고 맹세할 수 있는가?"

병호는 이 물음에도 지체 없이 답변했다.

"네, 전하! 소신을 믿어주시옵소서."

병호가 이렇게 자신 있게 답한 데는 다 이유가 있었다. 비록 그의 마음에는 벌써 다른 계획이 서 있었지만, 주상에게 호언을 하는 데는 주상의 죽음이 임박했기 때문이었다. 한국의 현충일. 6월 6일이 그가 이 세상을 하직하는 날이다.

오늘이 5월 7일. 그는 모르지만 그의 수명은 채 한 달이 남지 않았다. 그러니 그 앞에 약조한다고 그의 계획이 크게 달라질 것은 없었다. 아무튼 병호가 주저 없이 호언장담하자, 한껏 기분이 좋아진 주상이 아주 흐뭇해하며 한 가지 제안을 병호에게 했다.

"좋지, 좋아! 암, 믿고말고. 우리 모처럼 술 한잔할까?"

비로소 좀 마음이 놓이는지 주상이 갑자기 술을 마시자는 제안을 한 것이다.

"좋사옵니다, 전하!"

"하하하! 좋다, 좋아! 모처럼만에 술 한잔하며, 군신 간의 의리를 도탑게 해보자고."

"그 전에 청이 하나 있사옵니다. 전하!"

"뭐든지 말씀해 보시게."

"제 내자와 어머니 그리고 장인이……."

"아, 그런 일이 좀 있었지. 경이 과인의 명을 어기니, 경을 속히 소환하기 위함이지 다른 뜻이 있는 것은 아니었네."

"누가 주동했사옵니까? 전하!"

"과인을 고자질하는 비굴한 놈으로 만들 셈인가?"

"송구하옵니다. 전하!"

"바로 방면하라 하지. 여봐라! 게 아무도 없느냐?"

"네, 전하! 김 상선 대령이옵니다."

"과인의 명이라 하고, 지체 없이 김병호의 가족 전부를 방면하라고 도승지에게 일러라."

"네이, 전하!"

멀어지는 내관의 발걸음 소리를 들으며 주상이 병호에게 거듭 미안함을 표시했다.

"과인의 본의는 아니었으니, 너무 노여워하지 마시게."

"괜찮사옵니다, 전하!"

"하하하! 됐나?"

"네, 전하!"

"하하하……!"

이렇게 해 곧 두 사람의 술자리가 시작되었고, 그 시간은 장장 한 시진이나 이어졌다.

* * *

정오 가까이 되어 궁을 나온 병호는 돈화문 및 홍화문(興化門) 밖에 대기하고 있던 기존 경호대는 물론 여단 병력의 암중 호위까지 받으며 자신의 집까지 왔다.

그러나 병호는 자신의 집에는 들르지 않고 내처 김좌근의 집으로 향했다. 김문과는 어떤 식으로든 확실한 결론을 지어야 했기 때문이었다. 와중에 하나 걸리는 것이 있었다.

주상의 지시가 있었으니 부인 순영이 전옥서에서 석방이 될 것이다. 정상적이라면 부인을 중부 서린방(瑞麟坊)까지 찾아가 맞는 것이 옳았다. 그러나 지금은 그렇게 한가로운 시국이 아니었다.

그래서 병호는 전옥서로는 장쇠를 보내고 자신은 곧장 김좌근의 집으로 향하고 있는 것이다. 아무튼 병호가 김좌근의 집 대문 앞에 도착하니 대문이 굳게 닫혀 있었다.

"이리 오너라!"

병호가 조선의 군부 최고 실권자인 대원수가 되었다는 말에, 그 어느 때보다 이파가 큰 목소리로 좌근의 하인을 불렀다.

그러자 쪽문이 열리며 '누구……?' 소리를 하던 젊은 하인이 병호가 서 있는 것을 보고 급히 대문을 활짝 열어 젖혔다.

"아저씨 계신가?"

"네, 오늘은 무슨 일 때문인지 일찍 퇴청하셨습니다. 그런데……."

"선객이라도 계신가?"

"네, 흥선군(興宣君)이라고……."

"이하응(李昰應)이?"

자신도 모르게 반문하고 빙긋 웃음 짓는 병호를 본 하인이 말했다.

"잠시 기다리시면 안에 통보하고 나오겠습니다."

이때였다. 안에서 청지기가 나오며 젊은 하인을 크게 질책했다.

"이 사람이 지금 무슨 소릴 하는 건가? 나리는 일단 안으로 모시게. 궁도령이야 쫓으면 그만이지."

"네, 안으로 드시지요."

두 비복의 수작질을 지켜보던 병호가 묵묵히 고개를 끄덕이며 좌근이 기거하고 있는 넓은 사랑채로 향했다.

병호가 가까이 다가가자 안에서 좌근의 호탕한 웃음소리와 함께 그의 목소리가 들려왔다.

"하하하……! 그렇게도 궁한가?"

"네, 그렇습죠."

"허허, 그래, 얼마를 주면 되겠는가?"

"쥐어지는 대로 주시면 됩니다."

"줘봐야 또 술타령할 게 아닌가?"

"사고무친(四顧無親)의 낙박한 왕손이 할 일이 무엇 있겠습니까? 그게 낙이지요."

이때 젊은 하인이 안에다 고했다.

"대감님, 조카분이 찾아오셨습니다."

"들여보내라."

"네, 대감님!"

병호가 좌근의 허락에 방에 들여놓자 두 사람의 시선이 그에게 쏠렸다.

"아니, 벌써 어쩐 일이신가? 그래, 주상과의 독대는 잘 끝냈고?"

"네."

"그럼, 저는……."

병호가 나타나자 급히 자리에서 일어나는 흥선군 이하응을 보고 병호가 물었다.

"그림값으로 얼마를 쳐주면 되오?"

방 안에 펼쳐진 난초 서화를 보고 병호가 묻는 말에 이하응이 답변했다.

"이 그림은 이미 하옥대감께서 사주시기로 했소이다."

"그렇다면 우리 집으로도 한 점 가져오시오."

"사주시겠다는 말씀이시죠?"

30세의 이하응이지만 벌써 닳고 닳았다는 느낌이 풍겨왔다. 그 비굴한 미소가 이를 웅변해 주고 있었다.

그런 그를 지긋한 눈으로 관찰하던 병호가 고개를 끄덕이며 말했다.

"아니면 청할 일이 없지."

"감사합니다, 감사합니다."

거듭 고개를 조아리는 이하응을 보고 병호가 스산한 목소리를 토해냈다.

"내 앞에서까지 그렇게 비굴한 모습을 연출할 필요는 없을 것 같소."

"아니, 조선 군부의 최고 실력자에게 잘 보이지 않으면 누구에게 잘 보인단 말입니까?"

"됐소, 그림이 되거든 언제든 들리시오."

"그러지요."

별로 기분 좋지 않은 표정으로 답한 이하응이 좌근에게 손을 내밀었다.

"난(蘭)값은요?"

"잠시 기다리시게."

좌근은 말이 끝나자마자 그 자리에서 쓱쓱 그리는 것 같더니 이하응에게 1만 냥짜리 어음을 끊어주었다.

이 금액에 이하응이 몇 번이고 고개 숙여 감사를 표하고 병호는 좌근의 배포에 또 한 번 놀랐다. 어찌되었든 거듭 사의를 표한 이하응이 물러가자 좌근이 병호를 보고 물었다.

"아직 식사 전이겠는데?"

"네."

전과 다름없이 대하는 좌근을 보고 병호는 머리에 혼선이 생기는 것을 느꼈다.

그러나 반드시 짚고 넘어갈 것은 짚고 넘어가야 할 일. 그래서 병호가 물었다.

"내자와 어머니가 옥에 갇힌 일은 어찌된 일입니까?"

"그야 자네가 주상의 명을 거역하니 낸들 어쩔 수 없잖은가? 홍재룡 등이 들고 일어나니 말이야."

"좋습니다. 하면 오늘 역신 운운한 것은 무슨 저의입니까?"

"이 사람이 지금 내게 따지러 온 건가?"

역정을 내는 좌근이나 병호는 말없이 그의 거동만 지켜보았다.

그러자 좌근이 어처구니없다는 듯 실소하더니 말했다.

"허허, 거참… 아니면 그 분위기를 어떻게 수습하겠나? 하고 전에 내가 한 말은 기억하지 못하는가? 군권을 주라고."

"하면 저와의 관계는 변함없는 것이죠?"

"어떻게 자네를 더 위하겠는가?"

그의 말대로 지나간 그의 행적을 따져보면 근래의 일을 빼고는 절대 자신에게 불리한 짓을 하지는 않았다.

단지 병호가 단단히 그를 경계했을 뿐이었다. 그러나 둘 사이에는 분명 알 수 없는 간극이 존재했다. 처음 만나 의기 상통할 때와는 달랐던 것이다. 이는 병호 자신이 처음의 초라한 모습과 달리 많은 성취를 이루어서일지도 몰랐다.

어찌되었든 근래의 일 말고는 둘 사이에 크게 틈이 벌어질 사안이 없었기에 병호로서도 답이 궁할 수밖에 없었다. 그래서 병호가 묵묵히 앉아 있자 그사이 좌근이 하인을 불러 식사인지 주안상인지를 주문했다.

그리고 좌근이 다시 말을 걸었다.

"정말 화력 시범은 자신 있는가?"

"물론입니다. 허언을 했다가는 무슨 일이 벌어지려고요?"

"주상께 아뢴 대로 그만큼의 땅을 점령한 게 사실이고?"

"청나라가 바보입니까? 미처 정보가 늦어 그들이 파악하고 있지 못하지, 곧 사실을 확인하고는 답을 내놓겠지요."

"실로 자네가 인중용(人中龍)인 것만은 틀림없어. 자네로 인해 우리 조선의 시대가 이제 활짝 열렸음이야. 하하하……! 주상도 대단히 기뻐하시지?"

"네."

"대원수라는 직책은 조선의 직제에서는 없는 직위인데 삼군부는 물론 다 통할하겠지만, 병조판서와는 서열이 어떻게 되는가?"

"그를 형식상의 제조(提調)로 두는 것이 옳겠지요. 하지만 정2품으로 같은 품계이고, 주상의 명만 받드는 것으로 하려 합니다."

"흐흠……!"

"그게 중요한 게 아닙니다."

"뭐가 또 중한 일이 있는가?"

"제 예언 기억하십니까?"

"그러고 보면 자네의 예언이 모두 맞았지. 사 년 전 조병구가 급사하고, 그의 아비 조만영은 이에 실의에 빠져 눈이 멀어 삼 년 전에 작고하지 않았어?"

"그 후의 예언은요?"

"그러고 보니 올해가 주상의 안위에 중대한… 그런데 아직 멀쩡한데?"

"채 한 달이 안 남았습니다."

"뭐라고?"

병호의 말에 너무 놀라 자신도 모르게 펄쩍 뛰며 대경한 모습을 감추지 못하는 좌근이었다. 그런 그를 담담한 눈으로 바라보던 병호가 갑자기 자리에서 벌떡 일어났다. 그리고 문을 활짝 열고 밖에 서 있는 하인들을 멀리 물렸다.

"모두 이곳에서 물러나시게. 하고 신 경호실장은 아무도 이곳으로 접근시키지 말게."

"네, 대원수님!"

신용석이 씩씩하게 답하고 자신부터 사랑채에서 멀어졌다. 그리고 경호소대까지 가까이 불러 경호를 더욱 강화했다. 그런 모습을 보고 병호는 다시 문을 닫고 자리에 앉으며 말했다.

"왕을 정무에서 손 떼게 하고, 내각을 구성해 총리가 조선을 통치한다는 구상도 잊지 않으셨죠?"

"당연히! 그 일을 추진하기 위해 우리가 한결같이 매진해 오지 않았는가?"

"주상의 흉변이 있고 강화도의 원범이 국왕으로 추대되어 오는 봉영의식이 거행될 때가 적기가 아닌가 하옵니다."

"하면 대원수께서 이를 주관하시겠는가?"

"물론입니다. 하지만 초대 총리는 아저씨께서 맡아주셔야겠습니다."

"내가?"

좌근이 놀란 얼굴로 자신을 손가락으로 지칭까지 하며 물었다.

"그렇습니다."

"대원수께서 하는 것이 어떻겠나?"

짐짓 사양하는 김좌근이었다. 그런 그를 향해 병호가 자못 엄숙한 투로 말했다.

"아닙니다. 내각수반 자리라는 것이 가장 중요한 자리인데, 어느 날 갑자기 하늘에서 뚝 떨어지듯 그 자리에 앉는다면, 중신들부터가 납득하지 못할 것입니다."

"흐흠……!"

침음하는 좌근을 향해 병호가 아예 쐐기를 박았다.

"그 일은 그렇게 하기로 하고 추후 내각을 구성하는 문제는 긴밀히 상의하시죠."

"일단 알겠네. 그나저나 동조(東朝)의 회갑 탄신이 채 열흘도 안 남았는데, 이는 국조(國朝)에 드문 큰 경사이니, 탄일(誕日)에 무슨 선물이라도 준비해야 하지 않겠나?"

여기서 동조(東朝)라는 것은 대왕대비 김 씨를 말하는 것으로 동조의 원래 뜻은 대비가 거처하는 궁궐을 이름이었다. 이는 한(漢)나라 때에 황태후(皇太后)가 머물던 장락궁(長樂宮)이, 황제의 거처인 미앙궁(未央宮)의 동쪽에 있었던 것에서 유래하는 것으로, 대비를 가리키기도 한다. 또 다른 뜻으로는 세자가 머물던 동궁(東宮), 더 나아가 세자를 일컫기도 한다.

"저는 이미 준비를 마쳤습니다."

"뭔가?"

달려들 듯이 묻는 좌근에게 빙그레 웃음 지은 병호가 말했다.

"지금 가르쳐 드리면 재미가 덜하지 않겠습니까?"

"하하하……! 그런가? 배포라면 그 누구와도 비견할 사람이 없는 대원수이니, 선물도 세상 사람들이 깜짝 놀랄 정도의 선물이 될 것이라 생각하네만?"

"후후후……!"

웃음으로 얼버무린 병호가 더 이상 말이 없자 좌근이 무언가 말하려는데 밖에서 고하는 소리가 들려왔다.

"주안상 들일까 하옵니다. 대감마님!"

"점심상 아니었습니까?"

"술부터 내오는 모양일세."

"허, 거참……!"

주상과 마신 술이 채 깨기도 전에 또 술상이 들어오는 것을 보며 병호는 자신이 술 복은 타고났다고 생각했다.

* * *

병호가 근 반 시진에 걸쳐 좌근과 술과 점심을 들고 집에 돌아오니 이파가 급히 다가와 고했다.

"마님을 무사히 모셔왔습니다."

"수고했소."

"안 가보십니까?"

"가봐야지."

병호는 그 길로 안채로 향했다.

"험, 험……!"

병호의 헛기침 소리에 안방 문이 활짝 열렸다.

"아버지!"

여섯 살 난 딸 가연(佳宴)이 반갑게 병호를 부르는데, 세 살 난 아들 세균(世均)이라는 녀석은 눈만 멀뚱멀뚱 뜨고 그냥 바라보고 있었다.

여기서 '가연(佳宴)'이라는 이름은 '좋은 잔치'라는 뜻의 이름인데, 딸아이의 일생이 경사스러운 연회와 같기를 바라며 지었고, '세균(世均)'은 '세상을 조화롭게 하라'는 의미로 지었다. 따라서 아직 세균(細菌)이라는 박테리아가 발견되기도 전이니 오해 없으시기를 바란다.

"그래, 우리 딸내미 잘 지냈어?"

딸의 부름에 병호가 딸을 번쩍 안고 말하자 딸이 물었다.

"어디 갔다 이제 와?"

이 말을 들은 순영이 비로소 밖으로 나오며 딸을 꾸짖었다.

"어디서 배운 말버릇이야. 아버지께 반말이라니?"

"엄마, 나빠! 매일 혼만 내고."

딸아이가 금방 울 듯한 얼굴로 소리치고 병호의 품으로 더욱 달려들었다.

그런 딸아이의 등을 두드려주며 병호가 말했다.

"내 친히 마중을 나가야 하나, 시국이 그러하니 부인이 이해를 하오."

"됐습니다. 점심은요?"

"먹고 왔소."

아직도 서운함이 덜 풀렸는지 냉랭한 부인에게 딸을 맡긴 병호는 비로소 아들을 안아들고 물었다.

"잘 지냈니?"

"그런데 아저씨는 누구……?"

"호호호… 거봐요? 집에 자주 안 들리니 아이가 아버지 얼굴도 모르잖아요?"

"아무리 그래도 그렇지 제 애비보고 '아저씨'라니?"

"아직 어린 것이 뭘 알겠어요? 아주 어렸을 때 보고는 처음이시잖아요?"

"끙……! 이제 자주 보게 될 것이오."

"이제 아주 오신 거예요?"

"그렇소."

"그나저나 죄 없는 소첩은 왜 잡아간 거예요?"

"다 나 때문이지 않겠소?"
"잘난 서방을 둔 덕이군요."
"비꼬는 것이오? 지금!"
"비꼬는 게 아니라, 사실이 그렇잖아요? 서방님이 잘나지 않았으면 이런 일도 아마 없었을 걸요."
"알았소, 알았어, 술이나 한잔 더 내오시오."
"지금도 얼근하신 것 같은데요?"
"모처럼 당신과 한잔하려고 하오."
"핑계는."
"뭐라고?"
작게 중얼거리는 순영을 향해 병호가 언성을 높이자, 순영이 급히 부엌으로 달아나며 주안상을 주문하고 돌아왔다. 그리고 채 이각이 지나지 않아 병호의 호령으로 아이들이 모두 방에서 쫓겨났다.

*　　　*　　　*

그로부터 오 일 후.
인천 앞바다에는 폐선박 열 척이 둥둥 떠 있고, 그 앞에는 열두 척의 기선 군함과 48척의 클리퍼 군선이 그 장엄한 위용을 드러내고 있었다.

그리고 포구에는 행행(行幸: 임금이 대궐 밖으로 거둥함)한 주상은 물론 흠차대신 이성원, 대원수 김병호를 비롯한 조선의 제 중신들이 천리경이라 부르는 망원경을 들고 바다 쪽을 바라보고 있었다.

"방포하라!"

"방포하라!"

병호의 명이 떨어지자 해군사령관 신관호가 복창을 하고 다시 명을 내리자, 대형 붉은 기가 휘둘러지는 것은 물론 총성 세 발이 울려 퍼졌다.

이에 주상과 흠차대신은 물론 제 중신들이 깜짝 놀라는데 갑자기 전방에서 일제히 포성이 울리며 폐선 열 척을 향해 포탄이 퍼부어지기 시작했다.

콰 콰 콰……!

콰르르 콰 콰 콰……!

불이 번쩍번쩍하는 것 같더니, 천지를 진동하는 뇌성벽력과 함께 폐선이 순식간에 불길에 휩싸였다. 이내 불바다가 된 폐선이 바닷속으로 서서히 가라앉기 시작했다. 이 모습을 본 이성원이 중얼거렸다.

"쇠구슬이 아니로구나! 무슨 포탄이기에 순식간에 배가 불타지? 참으로 가공할 만하구나! 저런 화력이라면 아무리 양이선이라도 꼼짝없이 당하겠어!"

낯빛이 변한 이성원의 탄식에 가까운 중얼거림과는 달리, 주상 환은 대단히 기뻐하며 어린아이 같이 굴었다.

"하하하! 보았지? 순식간에 폐선이 불바다가 되고 침몰하는 것을! 하하하……! 저런 군선이 자그마치 몇 척이야? 저 정도면 작은 나라는 하루아침에 쑥대밭이 되겠는걸?"

"그렇사옵니다. 전하! 실로 대단한 무력이 아닐 수 없나이다. 이젠 조선도 그 어느 나라에도 굴종하지 않아도 될 것 같사옵고, 이는 주상의 홍복이오니 상하가 크게 기뻐해야 할 것으로 아뢰옵나이다."

"아무렴, 동조의 수연(壽宴)때 함께 크게 경축하는 것으로 하자!"

"성은이 망극하옵니다, 전하!"

"이보시오, 대원수!"

"네, 전하!"

"정말 큰일을 해내셨소!"

"성은이 망극하옵니다. 전하!"

병호를 따라 전 대신들이 허리를 굽혔다.

"성은이 망극하옵니다. 전하!"

크게 감격해 기뻐하는 주상을 비롯한 조선 중신들과 달리, 흠차대신 이성원은 망연자실한 얼굴로 푸른 하늘에 시선을 주고 있었다.

5월 13일.

돌연 주상이 이제는 관직에서 물러나 시골에 가 쉬고 있는 판부사(判府事) 정원용(鄭元容)에게 하유(下諭: 한양으로 올라올 것을 명하는 왕명)했다.

"경(卿)이 시골로 간 지 이제 몇 달이 되었다. 지난 일을 다시 말할 것 없으나 내 마음이 서운하니 더욱이 무슨 말을 하겠는가? 더구나 이제 동조(東朝)의 경진(慶辰)이 며칠 남았을 뿐이니, 경의 정례(情禮)로써도 어찌 시골집에 물러가 있어 헌하(獻賀)할 방도를 생각하지 않을 수 있겠는가? 그러므로 사관(史官)을 보내어 열 줄의 글에 죄다 하유하니, 경은 곧 집으로 돌아오고 다시는 머뭇거리지 말아서 내 지극한 뜻에 부응하라."

마치 자신의 죽음을 알고 봉영사절을 미리 선정하는 것 같아 병호로서는 마음이 아려왔다.

5월 15일

오늘이 대왕대비 김 씨가 회갑을 맞는 날이었다. 조선조 들어 대비가 많다하나 회갑을 맞는 예는 흔치 않아 큰 잔치가 벌어졌다.

이날.

각도의 고을 수령들이 대왕대비의 회갑 탄일(誕日)을 맞아 전문(箋文: 길일이나 흉사에 써 바치는 사륙체의 글)을 바치기 위해 사자(使者)를 보내니, 그 차사원(箋文差使員)만도 수백에 이르렀다.

또 임금과 대왕대비의 공덕을 찬양하는 치사(致詞)가 수백 통 답지되었고, 주상은 별도로 친히 표리(表裏: 옷감) 한 벌을 대왕대비께 올렸다. 이어 명정전(明政殿) 뜰에서 백관의 대왕대비에 대한 진작(進爵: 연회)이 행해졌다.

영의정부터 차례로 축수의 말을 행하고 혹자는 선물을 전달하기도 하며 물러나길 꽤 긴 시간. 이제 병호의 차례가 되어 대왕대비 앞으로 걸어나갔다. 대왕대비 앞에 깊숙이 허리를 굽힌 병호가 진하(陳賀)의 말을 올렸다.

"백수(白壽)하시옵소서! 대왕대비마마!"

"그래, 좋다! 본 비는 우리 병호의 선물에 큰 기대를 걸고 있는데, 무슨 선물을 준비했는고?"

"소신이 가장 큰 선물을 준비했을 것이옵니다. 불타버려 황량한 터에 경복궁을 5층으로 중건하여 드리겠나이다. 대왕대비마마!"

"뭐? 경복궁을 5층씩이나?"

이 말을 들은 대왕대비는 물론 주상 이하 만조백관들이 경악을 금치 못하는데 홍재룡이 초를 쳤다.

"하오면 상국의 자금성보다 높게 되어 큰 화를 자초할 것이옵니다. 대왕대비마마!"

이 말을 들은 병호가 대왕대비 앞이거나 말거나 화를 벌컥 내었다.

"무슨 소리요? 지금! 청의 흠차대신조차 우리의 하회를 기다리는 처지이거늘. 하고 차제에 경복궁이 5층으로 준공이 되는 날, 황제 선포식을 갖고 우리도 칭제건원(稱帝建元)하는 것이 마땅한 줄로 아뢰옵나이다."

"허허, 상국의 흠차대신이 쩔쩔 매고 있다는 말을 내 자세히 들었고, 인천 앞바다의 화력 시범 또한 장관이었다는 말을 주상에게 듣고 매우 흡족하였으나, 정히 그래도 될 것인가?"

대왕대비의 하문에 대연회장은 그야말로 찬반을 각자 쏟아내는 말로 개구리 우는 논바닥을 방불케 했다. 그러자 주상이 나서서 정리를 하였다.

"자, 지금 그 문제를 거론하는 것은 자리가 적절치 않은 것 같소. 하니 그 문제는 날을 잡아 논의하는 것으로 하고, 진하를 계속하시오."

"성은이 망극하옵니다. 전하!"

백관들이 허리 굽혀 사은하는데 병호 또한 급히 축하의 말을 올리고 그 자리를 물러나왔다.

"꼭 백수하시어 우리 조선이 만방을 호령하는 모습을 꼭 보시옵소서! 대왕대비마마!"

"암, 그래야지! 내 병호에게 자못 기대가 크니, 주상을 잘 보필하여 그런 날이 꼭 오기를 축원하겠네!"

"네, 대왕대비마마!"

이렇게 병호의 차례가 끝나도 진하는 한동안 계속 되었고, 그것이 끝나자 비로소 대왕대비가 내리는 잔칫상이 각 신하들에게 하사되었다.

5월 16일.

칭제건원에 대한 문제를 놓고 희정당에서 제 신하들이 갑론을박을 벌였으나 뚜렷한 결론을 내리지 못했다.

5월 17일.

갑자기 주상이 대전내관을 통해 병호를 희정당으로 불렀다. 곧 입궐한 병호가 주상과 독대하였다.

"경이 거느리고 있는 군사들은 당연히 조선군에 편입시켜야겠지?"

"물론이옵니다, 전하!"

"헌데 경이 거느린 군대는 기존 군대와 사뭇 다른 것 같아?"

"그렇사옵니다. 하니 기존 군대도 그런 식으로 재편되어야 할 것이옵니다. 그러자면 무기며 관직 등 모든 것이 재편되어야 합니다. 그러려면 시일이 좀 걸릴 것 같사옵니다, 전하!"

"강군이 되는 것이라면 시일이 좀 걸린들 어떻소. 그대로 행하시게."

"명을 받들겠습니다, 전하!"

"대원수의 품계며 지위를 어찌하면 좋겠는가?"

"소신의 생각으로는 병조판서를 제조로 두되 정2품으로 하는 것이 좋겠고, 수륙양군 및 삼군문을 지휘 통솔케 하는 것이 군을 운용하는데 합당할 것 같사옵니다."

"경의 뜻을 들어주겠네."

"성은이 망극하옵니다. 전하!"

5월 18일.

주상이 군 요직을 마치 새 술을 새 부대에 담으라는 듯 일시에 교체했다. 김병호를 대원수에 봉해 수륙양군 및 삼군문을 통솔케 했고, 이응식(李應植)을 훈련대장(訓鍊大將)으로, 서상오(徐相五)를 총위대장(摠衛大將)으로 삼았다.

그러나 어영대장(御營大將) 홍재룡만은 그 직위를 그대로 유지시켰다. 수군의 수뇌부 또한 그대로 유임시켰다.

5월 19일.

일찍 퇴청한 병호가 사랑채에서 막 식사를 끝내고 나니 장쇠가 이하응의 내방을 고했다.

"흥선군이 찾아왔사옵니다."

"들라 해라!"

"네, 나리!"

곧 방 안으로 들어온 이하응이 밥상을 물리는 병호를 보고 말했다.

"좀 일찍 찾아올걸."

"식전이오?"

"그렇소이다."

"내 석찬을 내오라 하지."

"겸하여 술도 한 상……."

"알겠소. 헌데 지난번 하옥대감이 내준 1만 냥은 어찌하고 궁상을 떠시오?"

"그 돈은 벌써 술로 다 조졌습니다."

이 말에 병호의 표정이 일변하며 그를 꾸짖듯 따져 물었다.

"허허! 계속 내 앞에서도 그렇게 내숭을 떨 것이오?"

"무슨 말씀이신지……?"

"아무리 김문의 권세가 시퍼래, 목숨을 담보하기 위해 궁도령을 자처하나, 나에게도 통할 것이라 생각하면 큰 오산이오."

이 말에 이하응의 표정이 순간적으로 변했으나 순식간에 원상을 회복하고 시침을 뚝 떼었다.

"나는 그게 무슨 말인지 하나도 모르겠소이다. 없는 살림에 단지 술이 좋아 이 집, 저 집을 기웃거리나 달리 뜻은 없소이다."

"앞으로 내 앞에서는 그렇게 하지 않아도 되니 너무 그러지 마오. 그림은?"

"아, 네! 여기 있소이다."

품에서 고이 간직했던 그림을 꺼내놓는데 역시 난을 친 그림이었다.

추사의 지도로 그의 난치는 실력은 조야가 모두 인정하는 터였다. 아무튼 그림을 받아들고 한동안 유심히 바라보던 병호가 엉뚱한 말을 물었다.

"명월관 알지요?"

"물론 잘 알고 있읍죠. 장안에 뜨르르한 명소를 왜 난들 모르겠소. 하지만 돈이 없으니 밖에서 침만 삼킬 수밖에요."

"앞으로 홍선군에 한해 무시 출입을 허용하겠소."

"정말이십니까?"

"물론!"

"제게 특별히 은의를 베푸는 까닭이라도 있으십니까?"

그 물음에는 대꾸도 않고 갑자기 문방사우를 끌어다 일필

휘지로 휘갈기고 수결(手決: 병호 고유의 사인)까지 마친 병호가 그것을 조용히 이하응에게 내밀었다.

"이것이 무엇인지……? 엉? 10만 냥? 혹여 내가 잘못 읽은 것은 아닌지……?"

"앞으로 부탁할 일이 많을 것 같아 미리 입막음하는 것이니, 그런 줄 아오."

"혹시 제 목숨을 요구하는 것은 아니시겠지요?"

"그런 일은 아니니 너무 걱정 마오."

그제야 이하응이 희희낙락하며 말했다.

"그런 것만 아니라면 얼마든지 대원수의 뜻을 받들겠소이다."

이때 알아서 시키지도 않은 주안상이 나왔다. 그러자 병호는 석찬도 내오라 이르고, 둘은 우선 술판부터 벌였다.

*　　*　　*

흠차대신 이성원이 연경으로 유성마를 띄웠으나 연경으로부터 아무런 소식이 없는 가운데, 세월은 빠르게 흘러 어느덧 6월에 접어들었고, 6월도 5일이 흐른 날이었다.

즉 병호가 주상의 흉서를 예언한 하루 전날이 다가온 것이다. 아무튼 평소 아픈 데도 없어 무탈하던 주상으로부터 이날 갑자기 무슨 일 때문인지, 약원(藥院)에 명하여 번갈아 입직(入直)케 하라는 명이 떨어졌다.

이날은 그것으로 평온하게 넘어갔으나 병호가 예언한 그날 6월 6일이 되자, 궁 안이 갑자기 숨 가쁘게 돌아가기 시작했다. 그런 이날 하필 병호는 새로운 흠차대신이 파견되어 모화관에 들었는지라, 제신을 대표하여 그를 맞으러 가고 궁에 없었다.

아무튼 이날 궁에서 숨 가쁘게 전개된 사건을 시간 순으로 차례로 열거하면 아래와 같았다.

약원에서 입진을 청하니, 비답하기를, "이미 대내(大內)에서 입진하였다."

하교하기를, "약방(藥房)의 세 제조(提調)와 시임(時任)·원임(原任) 대신(大臣)과 각신(閣臣)은 입시(入侍)하라." 하였다.

약원(藥院)을 시약청(侍藥廳)으로 옮겼다.

대보(大寶)를 대왕 대비전(大王大妃殿)에 바치라고 명하였다.

종묘(宗廟), 사직(社稷), 각궁(各宮), 산천(山川)에서 일제히 기도를 행하였다

임금이 대점(大漸: 병세가 위독하여짐)하였다.

궁성(宮城)을 호위(扈衛)하였다.

[임금이 오시(午時)에 창덕궁(昌德宮)의 중희당(重熙堂)에서 승

하하였다.]

복(復: 초혼) 하였다.

역복(易服: 소복으로 갈아입음) 하였다.

대왕대비(大王大妃)가 구전(口傳)으로 하교하기를, "원상(院相)은 권판부사(權判府事: 권돈인)로 삼으라." 하였다.

이때는 벌써 7년이 흘러 대부분의 관직이 바뀐 상태였다. 그런 상태에서 병호 또한 대비전의 급한 부름을 받고 희정당으로 들지 않을 수 없었다. 병호가 막 희정당에 드니, 벌써 시임(時任), 원임(原任) 대신(大臣)들이 가득한데, 대왕대비가 소리 내어 울며 말했다.

"하늘이 어찌하여 차마 이렇게 하는가? 하늘이 어찌하여 차마 이렇게 하는가?"

그러자 조인영(趙寅永)이 울부짖다 때로 흐느끼며 말했다.

"5백 년 종사(宗社)가 어찌 오늘에 갑자기 이렇게 될 줄 알았겠습니까?"

대왕대비가 소리 내어 울며 말했다.

"슬픔을 당하는 것이 어찌 이토록 지극한가?"

조인영이 이를 받아 말했다.

"바라옵건대, 너그러이 억누르소서."

이 말을 받아 정원용(鄭元容)이 말했다.

"신(臣)들이 복이 없어 이런 무너지는 아픔을 당하였으니 하늘땅이 망망합니다. 무슨 말로 우러러 위로하겠습니까마는, 이제 종사가 매우 위험하니, 신민이 바라는 바는 오직 우리 자성전하(慈聖殿下)이십니다."

권돈인(權敦仁)이 소리 내어 울며 말했다.

"신들은 불충하기 이를 데 없는 몸으로서 질긴 목숨이 끊어지지 않고, 늙어 흰 머리가 되어 이런 무너지는 변을 당하니, 슬프기 그지없습니다. 이것은 모두 신들의 죄입니다."

조인영이 말했다.

"국운(國運)이 어찌 이렇게까지 되었습니까?"

박회수(朴晦壽)가 말했다.

"극진히 너그럽게 억누르소서."

김도희(金道喜)가 말했다.

"종사의 대계(大計)는 한시가 급합니다. 바라옵건대, 빨리 하교하소서."

대왕대비가 얼굴을 가리고 울먹이며 말했다.

"종사의 부탁이 시급하다."

말하고는 말과 울음이 반반이고 또 목소리가 작아서 신하들이 잘 듣지 못하였다. 그러자 정원용이 말했다.

"종사의 대계가 급합니다. 바라옵건대, 너그러이 억누르고 분명하게 하교하여 신들이 상세히 듣게 하소서. 이는 막중하고 막대한 일이니 말씀으로만 받들 수 없습니다. 바라옵건대, 문자로 써서 내리소서."

대왕대비가 슬픔을 억누르고 억지로 말했다.

"여기에 문자로 쓴 것이 있소."

정원용이 물었다.

"연세가 지금 몇입니까?"

대왕대비가 답했다.

"19세요."

조인영이 말했다.

"종사의 대계가 이제 이미 정해졌으니, 아주 경행(慶幸)입니다. 이는 지극히 중대한 일이니, 군총(軍總)의 얼마간을 먼저 정하여 보내서 본제(本第)를 배위(陪衛)하는 것이 좋을 듯합니다."

대왕대비가 답했다.

"먼저 배위를 보낸다는 말은 과연 좋다."

정원용이 아뢰었다.

"이 일은 지극히 중대하므로 신적(信蹟)을 받들고 가서 공경히 전하고 공경히 받는 것이 실로 예절에 맞습니다. 이제 내리신 자교(慈敎)를 정원(政院)을 시켜 삼가 정서(精書)케 하여 자성(慈聖)께 입람(入覽)한 뒤에 도로 내리시면, 채여(彩輿)를 받들고 의장(儀仗)을 갖추어 신들이 배종(陪從)하여 가서 공경히 전하는 것이 마땅하겠사옵니다."

대왕대비가 답했다.

"사체(事體)가 과연 아뢴 바와 같으니 그렇게 하라."

대왕대비(大王大妃)가 하교했다.

"종사(宗社)의 부탁이 시급한데 영묘조(英廟朝)의 핏줄은 금상(今上)과 강화(江華)에 사는 이원범(李元範)뿐이므로, 이를 종사의 부탁으로 삼으니, 곧 광(壙)의 셋째 아들이다."

대왕대비가 다시 하교하기를, "봉영(奉迎)하는 의절(儀節)은 전례에 따라 거행하라." 했다.

좌의정 김도희(金道喜)가 아뢰었다.

"이제 하교를 받자옵건대, 종사(宗社)의 부탁이 이미 정해졌으니, 아주 경행(慶幸)스럽기 그지없습니다. 삼가 생각하옵건대, 신왕(新王)이 서무(庶務)를 밝게 익히는 방도는 오로지 자성전하(慈聖殿下)께서 수렴(垂簾)하여 이끄시는 가르침에 달려 있습니다. 바라옵건대, 빨리 전교(傳敎)를 내리시어 뭇사람의 심정에 답하소서."

김도희의 대왕대비의 수렴첨정을 청하는 말에 병호가 급히 제동을 걸고 나섰다.

"잠깐! 대왕대비마마의 말씀부터 듣고 소신이 답변을 올리겠습니다."

병호의 말에 대왕대비가 머리를 어지럽게 흔들며 말했다.

"신왕은 나이가 20세에 가깝고, 나는 나이가 예순이 지나고 또한 이미 정신이 혼모(昏耗)하였은즉, 이제 어찌 다시 이 일을 논하랴마는, 나라의 일이 지극히 중한데 이를 미룰 곳이 있으면 좋으련만……."

이에 병호가 답했다.

"잘만하면 묘안을 찾을 수도 있을 것 같사옵니다. 대왕대비마마!"

"지금 무슨 소릴 하는 게요?"

제 신하들이 역정을 내며 병호를 노려보았다. 그러나 병호가 흔들림 없는 얼굴로 답했다.

"지금은 그것보다 국본을 세우는 것이 중하므로 봉영 사절부터 꾸리는 것이 좋겠습니다. 소신의 짧은 생각으로는 봉영하는 대신(大臣)으로는 정판부사(鄭判府事)가 가장 합당할 것 같사옵니다. 하고 그 전에 소신이 먼저 병조(兵曹), 도총부(都摠府)의 당상(堂上) 및 낭관(郎官) 삼영문(三營門)의 군교(軍校) 또 제 휘하 병력을 거느리고 가 호위하는 게 좋겠사옵니다."

"좋다. 봉영하는 승지(承旨)로는 도승지(都承旨)가 가는 게 좋겠다."

"네, 대왕대비마마!"

이렇게 되어 병호는 졸지에 신임 국왕을 모시는 역할을 맡게 되었다.

아무튼 희정당을 나오자마자 병호는 직숙(直宿)하고 있던 군사 하나를 불러 병조(兵曹), 도총부(都摠府)의 당상(堂上) 및 낭관(郎官) 삼영문(三營門)의 군교(軍校) 등을 선발해 남대문 밖으로 미시 말까지 집결토록 일렀다.

그리고 병호는 돈화문을 나오자마자 기다리고 있던 신용석에게 일러 몇몇 곳에 파발을 띄우라 이르고, 그 내용을 한동안 세세하게 일렀다.

미시 말(未時 末: 오후 3시).

병호가 기존의 경호대에 한양에 들어와 있던 여단 병력 1천여 명과 함께 남대문 밖에서 기다리고 있으니, 병조(兵曹), 도총부(都摠府) 및 삼군문에서 파견된 당상(堂上) 및 낭관(郎官) 군교(軍校) 등이 허겁지겁 달려와 합류를 했다.

병호는 이들마저 대오를 짓게 해 묵묵히 행진해 나갔다. 약현(만리동과 서울역 사이의 고개)을 지나, 양화진(마포구 합정동 당산철교 북쪽)에서 한강을 건넜다. 그러자 병호는 더욱 속도를 올렸다.

그렇게 김포를 가로질러 통진(通津)에 이르니 해가 떨어져 그곳에서 모두 숙영을 했다. 이에 대비해 병호는 미리 경상에게 일러둔 바, 그들이 천막이며 식사 준비를 해두어 하루를 생각보다 편하게 묵을 수 있었다.

다음 날 병호는 조반을 마치자마자 김포와 강화 사이를 흐르는 염하(鹽河)를 건너 갑곶진 나루에 당도했다. 선편 역시 경상이 준비를 해주었다. 아무튼 병호가 갑곶진 나루에 도착하니, 미리 통보를 받은 강화 유수 조형복(趙亨復)이 기다리고 있었다.

이에 병호가 그를 보고 물었다.

"잠저(潛邸)는 찾았소?"

"네, 대원수님!"

"갑시다."

"모시겠습니다!"

조형복이 휘하 군졸들을 거느리고 앞장을 섰다. 그렇게 해서 도착한 곳이 강화읍성 관청리에 위치한 세 칸 초옥이었다.

그 앞에 선 병호가 조형복에게 지시를 내렸다.

"들어가 보시게. 안에 계신가."

"네, 대원수님!"

곧 안으로 들어가 내부를 살핀 조형복이 고개를 흔들며 나왔다.

그로부터 강화도령 이원범(李元範)을 기다리는 시간이 지속되었다. 훗날 이변(李昪)으로 이름을 고치는 그의 자는 도승(道升)이요, 호는 대용재(大勇齋)다. 정조의 아우 은언군(恩彦君)의 손자로, 전계대원군 광(全溪大院君壙)의 셋째 아들이며, 어머니는 용성부대부인(龍城府大夫人) 염 씨(廉氏)였다.

영조의 혈손으로는 헌종과 이원범 두 사람뿐인데, 헌종이 승하했으니 그가 유일했다. 하지만 달리 왕위 계승자를 찾으면 못할 것도 없지만, 김좌근과 대왕대비 김 씨의 사전 모의에 학문이 짧은 그가 지목된 것이다.

아무튼 그가 나타나길 족히 한 시진이 지나 3시간을 기다려서야 그가 나타났다. 그런데 그냥 나타난 것이 아니라 병호가 거느린 여단 병력에 의해 잡혀왔던 것이다. 그것도 빈 몸이 아닌 나무 지게를 진 채였다.

"숨어 있기에 수상해서 잡아왔습니다. 대원수님!"

"살려주세요, 살려주세요. 죽기 싫어요."

갑자기 지게를 집어던지고 무릎 꿇고 애원하는 열아홉 살 그를 병호는 찬찬히 용모부터 살폈다.

두 광대뼈에는 귀밑털이 덮여 있었다. 귀의 가장자리는 넓고 둥글었으며, 입술은 두꺼웠고 손은 컸다. 훗날 어진에 그려진 모습 그대로임을 알고 병호가 공손히 물었다.

"이름이 이(李) 자 원(元) 자 범(範) 자 되시오?"

"살려주시오, 살려주시오. 제발! 나는 아무 죄도 없소."

이를 지켜보던 조형복이 딱한지 말했다.

"여기 계신 대원수님 이하 소신 등이 대왕대비전의 명을 받아 임금으로 모시러 왔으니 너무 심려 마시옵소서!"

"무슨 말도 안 되는 소리요?"

"사실이니 시간 낭비하지 말고 어서 입궐합시다."

조형복과 달리 병호의 말은 차갑기 그지없었다. 그러자 더 겁을 먹은 원범이 아예 그 자리에 털썩 주저앉으며 버텼다.

"임금이고 뭐고 다 싫으니, 날 그대로 내버려 두시오."

이를 본 별호가 차갑게 한마디 뱉었다.

"모셔라!"

"네이!"

병호의 말에 함께 수행했던 병조 및 삼군문의 군교들이 나섰으나 병호는 이를 제지하고 신용석에게 말했다.

"당신이 모시시오."

"네, 대원수님!"

곧 가지고 간 채연(彩輦)에 원범이 강제로 태워졌다.

"나는 싫소. 나는 싫어! 죽기 싫단 말이오."

"출발!"

"출발!"

그의 애원에도 연을 멘 경호대원들이 출발을 하니, 아예 공공연히 소총을 파지한 1천여 군병이 이를 에워싸고 보무도 당당히 행진을 하기 시작했다. 그렇게 얼마를 걸어 갑곶진 나루에 도착하자, 병호는 무슨 이유에서인지 주변의 경호대원들마저 모두 물리쳤다.

이에 겁먹은 원범이 두려운 얼굴로 사방을 살필 때, 가까이 접근한 병호가 아직도 관례(冠禮)도 행하지 않아 더벅머리인 그를 보고 말했다.

"궁에 들어 관례를 행하는 대로 이 나라의 임금이 되시는 것이오. 하지만 그 전에 나와 한 가지 약조할 것이 있소이다."

"뭐요?"

병호가 방금 뱉은 말도 있고, 지금까지의 모든 정황으로 보아 자신이 임금이 되는 것만은 확실해 보이자, 그의 목소리가 퉁명스러워졌다.

"왕으로는 계시되 통치하지는 않는 것이오."

"무슨 말이 그러하오?"

"괜히 골치 아픈 정사에 관여하지 마시고, 형식적인 왕이 되시란 말입니다. 아니면 살아계시기는 할 것이나. 낳는 족족 왕자나 공주들도 온전치 못할 것이고, 여러모로 좋지 못한 일이 발생할 것이오."

"지금 나를 협박하는 것이오?"

"사실을 말씀드리는 것뿐입니다."

"흥!"

원범이 냉랭히 코웃음까지 치자 병호가 스산하게 뱉었다.

"왕족이 당신만 있는 것이 아니오. 하전(夏銓)도 있고, 또 찾아보면 얼마든지 있소. 하니 목숨 부지하려면 알아서 행하시오."

병호의 말에 자신이 처한 현실을 어느 정도 자각했는지 원범이 물었다.

"당신 말에 따르면 목숨만은 부지하는 것이오?"

"그렇소."

"좋소! 하라는 대로 할 테니, 비루한 목숨이나마 붙여놔 주시오."

그렇게 말하는 원범의 온 얼굴에는 비애가 가득했다. 이를 무시한 병호가 큰 소리로 외쳤다.

"출발!"

"출발!"

이렇게 해 다시 움직이기 시작한 행렬이 통진에 이르니 봉영대신 정원용과 도승지(都承旨) 홍종응(洪鍾應)이 일행을 이끌고 어가(?)를 맞았다.

양 진영 간에 한동안 예가 행해져 길어지자, 해를 가늠해 본 병호가 돌연 숙영을 명했다.

"이곳에서 하룻밤 머물도록!"

"네, 대원수님!"

아직 해가 좀 많이 남았지만 중간에 숙영을 하기에는 제반 여건이 여의치 않아 일찌감치 저녁을 지어먹게 하고 잠을 자도록 한 것이다. 아무튼 이렇게 되어 통진에서 다시 일박을 한 행렬은 다음 날 미시에는 다시 양화진에 도착했다.

곧 경강상인들이 준비해 준 배를 타고 일행이 한강을 건너는 순간 이를 맞는 대규모 군 병력이 있었다. 병호의 사전 지시로 남동 공단에서 머물던 1만여 병력이 합류한 것이다.

이렇게 대규모 행렬이 된 어가는 연도에 구경 나온 많은 백성들을 헤치며 일로 궁궐로 향했다. 그렇게 해 흥화문에 도착하자 병호는 약 1만 명의 병력을 그곳에 주둔시키고, 1천여 명의 애초 병력과 경호대원들만 데리고 돈화문으로 향했다.

이들이 돈화문에 도착한 순간, 이곳부터 갑자기 이상 징후가 생겼다. 어가가 도착했는데도 대문을 열어주지 않는 것이었다. 그리고 평소의 궁궐과 성문에는 해당 장(將)을 제외하고, 대문(大門)에 30명, 중문(中門)에 20명, 소문(小門)에 10명의 군졸이 지키게 되어 있는 것을, 10배가 넘는 300명 가까운 군졸이 지키고 있어 병호의 고개를 갸우뚱하게 했다.

물론 주상이 위독해지자 대왕대비의 명으로 '궁성(宮城)을 호위(扈衛)하라'는 명이 내려져 경계가 강화되어 군사 수가 증가한 것은 이해할 수 있었다. 그러나 이 군사는 너무 많았다. 이에 병호가 심상치 않음을 느끼고 휘하 군병들에게 지시를 내렸다.

"모두 장전하고 내 명이 떨어지면 인정사정 볼 것 없이 돌파하라!"

"네, 대원수님!"

직접적으로 사살하라는 명은 없었지만 병호의 명이 무슨

뜻인지 모를 병사들은 아무도 없었다.

아무튼 상황이 이렇게 되자 봉영대신으로 임명된 정원용이 하얗게 질린 얼굴로 병호에게 다가와 말했다.

"일단 좋은 말로 달래 통과하는 방향으로 합시다."

그를 힐끗 본 병호가 가타부타 말없이 전면에 대고 외쳤다.

"문을 열어라!"

그러자 숙위장인 듯한 자가 나타나 말했다.

"채여(彩輿)를 맨 군졸 외에는 통과시킬 수 없소!"

"무슨 말이냐? 나로 말할 것 같으면 선왕으로부터 임명받은 대원수로 제 병사를 지휘할 수 있고, 어가를 호위해 오는 길 아니더냐?"

"어영대장의 명이시오!"

"홍재룡 말이냐?"

"무엄하오!"

"말로는 될 일이 아니군!"

"돌파하라!"

"돌파하라!"

천여 병력이 일제히 복창하는 것 같더니 갑자기 호위(扈衛)하는 군사들에게 총을 난사하기 시작했다.

다다다당 탕탕탕……!

탕 탕 탕……!

"으악……!"

"켁……!"

"컥……!"

처음에는 총성에 묻혀 비명조차 들리지 않았다. 그러나 주변이 시산혈해로 변하고 총성이 뜸해지자, 끝으로 쓰러지는 군사들의 비명이 주변을 더욱 얼어붙게 했다.

"이런 변이 있나?"

"세상에 어찌 이런 일이……?"

해쓱하게 변한 정원용과 홍종응이 뱉는 말은 무시한 채 병호가 일갈했다.

"전진하라!"

"전진하라!"

이때는 이미 구멍이 숭숭 뚫린 대문이 활짝 열려 있었고, 주검과 선혈만 낭자한 길을 1천여 병사들이 보무도 당당히 전진하기 시작했다.

이렇게 이들이 인정문에 도착하자 예상외로 어영대장 홍재룡이 100여 명의 군사와 함께 버티고 서 있었다.

"네놈이 과연, 그 이리 같은 흉성을 버리지 않더니 끝내는 역모를 자행하는구나!"

"후후후……! 비킬 것이오? 안 비킬 것이오?"

"나를 밟고 가라!"

"그래? 저놈을 당장 체포하라! 만약 저항하는 놈이 있으면 그 자리에서 사살해도 좋다!"

"네, 대원수님!"

곧 대대가 우르르 달려들어 홍재룡을 체포해도 서 있던 군사들은 오들오들 떨 뿐 전혀 저항하지 못했다. 이렇게 해서 홍재룡마저 결박한 병호는 곧장 창덕궁으로 진입해 호위군에게 항복받으며 거침없이 희정당으로 향했다.

이곳 역시 무혈로 점령한 병호는 어디로 모습을 감춘 대왕대비마저 행방을 찾도록 했다. 그리고 얼마 후 어디에 숨어 있었던지, 김 씨마저 잡혀 질질 끌려오자 병호는 그녀를 희정당 내에 구금토록 했다. 그러고 나니 맥이 탁 풀렸다.

사실 병호가 봉영을 자처할 때부터 일련의 일이 계획에 있었다. 앞으로 조선을 대개혁하고자 하는 병호로서는 말로 해서는 수많은 저항에 부딪힐 것을 아는 까닭에, 유혈 사태를 빚음으로서 저항을 최소화할 필요성을 느꼈던 것이다.

말이 임금을 꼭두각시로 만들어 내각을 출범시키는 것이지, 이는 기존 조선의 모든 선비가 볼 때 역모였다. 따라서 기왕 역적 소리를 들을 바에야 철저히 악역을 자처하기로 했던 것이다.

아무튼 병호가 힘없이 기울기 시작하는 서산 해를 바라보고 있는데, 헛기침 소리와 함께 나타나는 인물들이 있었다. 김좌근 홍근, 홍근, 문근, 조근 외에도 병기, 병주, 병국 등 김문의 인물들이 줄지어 나타난 것이다.

"수고하셨소!"

의외로 깍듯한 공대에 병호가 힐끗 좌근을 바라보자 그가 다시 말했다.

"주상이 등극하기 전에 내각이 꾸려져야 하지 않겠소?"

"물론이지요. 그 문제는 내일 상의하기로 하고, 우선 대왕대비부터 찾아뵙고 놀람을 진정시켜 드리시오. 하고 우리의 뜻을 간곡히 전해주셨으면 하오."

피를 보고 나니 아직도 비정상으로 뛰놀고 있는 모든 신체기관들에 의해 좌근에게 마저 병호는 하오체로 말했다.

병호는 곧 자신에게는 너무 잘해주었던 대왕대비를 뵐 면목이 없어, 좌근에게 그녀와의 대면을 미루고 잠시 그곳을 벗어났다.

자리를 벗어난 병호는 곧 전령을 띄워 홍화문 밖에 머물던 1만여 병력으로 궁성을 포위하도록 했다. 그리고 잠시 앞으로의 계획을 점검하던 병호는 다시 희정당으로 향했다.

곧 희정당 앞뜰에 도착한 병호는 희정당을 지키고 있는 군사에게 물었다.

"어떻게 되었는가?"

"아직 안 나오셨습니다."

그러나 그 군사의 말이 끝나자마자 김좌근이 희정당에서 모습을 드러내는 바람에, 더 이상 묻고 자시고 할 것 없이 그에게 가까이 다가간 병호가 물었다.

"어떻게 되었습니까?"

"여전히 수긍하는 모습은 아니나 처음보다는 많이 누그러지셨소."

수많은 휘하 병력과 오늘 행한 병호의 무자비한 모습을 보고 김좌근도 이젠 병호에게 함부로 하대를 하지 못했다.

그런 그의 말투는 염두에도 없는 듯 잠시 생각에 잠겼던 병호가 그대로 희정당 안으로 향했다. 이윽고 병호가 희정당 안으로 들어서니 궁녀만 두 명 있는 가운데, 소복 차림의 대왕대비가 머리도 산발한 채 고개를 숙이고 있다가 발자국 소리에 고개를 번쩍 치켜들었다.

그리고 들어온 사람이 병호인 것을 확인하자 눈에서 불길이 일기 시작했다.

"네 이놈……! 이 배은망덕한 놈아! 그러고도 내 면전에 나타날 염치가 있더냐?"

"배은망덕한 것은 맞지만 왕위를 찬탈하는 것은 아니니 너무 노여워하지 마시옵소서!"

"듣기 싫다! 내각인가 뭔가를 만들어 왕을 꼭두각시로 만드는 것이 왕위를 찬탈하는 것이지, 달리 무엇이 왕위 찬탈이

더냐?"

대왕대비의 여전한 노여움에도 불구하고 병호는 침착하게 그녀를 설득해 나갔다.

"완전히 허수아비라고도 할 수 없는 것이 여전히 나라를 대표하는 존재이고, 내각의 수반을 임명하는 것은 물론, 일말의 견제 수단도 갖고 있으니 공동으로 나라를 꾸려간다는 것이 맞겠지요. 또 회갑 탄신일에 드린 약속대로 꼭 경복궁은 5층으로 중건하여 사직의 위엄을 세움은 물론, 칭제건원하여 황제국으로서의 위엄도 갖추겠나이다."

"하면 상국이 우리를 가만히 둘 성 싶더냐?"

"저들이 우리를 어찌하겠습니까? 임칙서(林則徐)라는 새로운 흠차대신이 왔지만, 채근 한 번 못하고 모화관에 죽은 듯이 처박혀 있는 것이 그 방증 아니겠사옵니까?"

"정녕 조선의 군사력이 그토록 막강한 것은 사실이더냐?"

"선왕께서 말씀드린 대로 우리 조선이 북경을 초토화시킬 힘을 갖고 있는 것은 사실이옵니다."

"그렇다면 그 힘으로 신왕을 잘 보덕(輔德)하여 사직을 더욱 반석에 올려놓을 것이지, 이 망극한 중에 역적질을 해서야 쓰겠느냐?"

"이 모든 것이 조선을 대대적으로 개혁하여 다시는 남의 나라에 핍박받지 않고 강대국으로 만들려는 충정이오니, 서운하시더라고 용서하시옵소서! 대왕대비마마!"

"뚫어진 입이라고 말은 잘한다마는 어떻게 미화를 해도 왕의 권한을 축소시겠다는 것은 사실이 아니더냐?"

"맞사오나, 이는 우리만 그런 것이 아니라 저 서쪽의 양이들은 오래 전부터 그렇게 해, 나라가 크게 강성해졌나이다."

"어디서 못 된 것만 양이들에게 배웠나 보군."

"앞으로 지켜봐 주십시오. 조선이 얼마나 강성해지고 살기 좋은 나라가 되는지."

"나는 다 듣기 싫고, 종전 그 체제로 신왕을 받들어 모시며, 나라를 안돈시키는 게 좋겠다."

"소신 이미 돌아올 수 없는 다리를 건넜사옵니다."

"정녕 네 뜻대로 행해야겠단 말이지?"

"송구하오나 그렇사옵니다. 대왕대비마마!"

"이 할미가 사정을 해도."

촌수로는 아주머니 벌이나 나이로만 따진다면 할머니라 해도 지나치지 않은 대왕대비가, 무릎까지 꿇으려는 것을 본 병호는 얼른 몸을 돌려 외면하며, 밖으로 걸어 나갔다. 그러며 말했다.

"신왕이 될 분을 보니 아직 더벅머리외다. 관례라도 올려 어른부터 만들어놓는 것이 순서가 아닌가 하옵니다."

"저, 저런, 나쁜 놈……!"

대왕대비가 계속 악담을 퍼붓거나 말거나 병호는 그대로 희정당을 나와 기다리고 있는 좌근과 김씨 일문의 인물들에게 왔다. 그리고 그들을 데리고 환경전(歡慶殿)으로 향했다. 그러나 그 안으로 들 수는 없었다.

선왕의 영상(靈床)을 환경전에 옮겨 봉안하여 놓았기 때문이었다. 이에 병호는 아예 아무도 없는 인정전으로 가, 사전에 병호가 치밀하게 준비해 내놓은 직제와 명단을 가지고 한동안 논의에 논의를 거듭했다.

그러나 두 인물을 제외한 대부분이 병호의 원안대로 통과되니, 김 씨 일문으로서는 시간만 낭비한 꼴이 되었다. 그래도 김 씨 일문의 인물들은 국사를 함께 논했다는 뿌듯함이 있는지 전혀 싫은 기색이 아니었다.

* * *

6월 9일.

대왕대비는 더 이상 어쩔 수 없다는 것을 깨달았는지, 왕실 최고의 어른으로서 할 도리를 해나갔다. 즉 신왕으로 내정된 이원범을 '덕완군(德完君)'에 봉하고, 그 봉작 교지(封爵敎旨)를 좌승지(左承旨) 남성교(南性敎)가 받들어 전하게 했다.

또 대왕대비는 사위고유제(嗣位告由祭) 축문(祝文)을 좌의정

김도희(金道喜)의 이름으로 하라고 명하고, 덕완군(德完君)이 빈전(殯殿)에 나아가 거애(擧哀)케 하였다.

또 덕완군(德完君)에게 희정당(熙政堂)에서 관례(冠禮)를 행했다. 그리고 바로 이어 새로운 임금의 즉위식이 인정문(仁政門)에서 거행되었다. 그러나 즉위식은 상중인 데다, 정변(政變)으로 인하여 대부분의 신하들이 불참한 가운데, 초라하다 할 정도로 조촐하게 치러졌다.

사위(嗣位: 왕위를 이어받음)함에 있어 면복(冕服)을 갖추고, 예방 승지(禮房承旨)가 내시와 더불어 대왕대비전(大王大妃殿)의 합문(閤門) 밖에 나아가, 대보(大寶)를 내주기를 청하여 빈전(殯殿)에 봉안하였다.

대보를 빈전에서 받아 인정문에 납시니, 백관들이 행례(行禮)하였다. 이어 교서(敎書)를 반포하고 여차(廬次)로 돌아왔다. 곧 병호는 김좌근과 함께 신왕을 희정당으로 모시고 들어가 새 제도에 대한 설명부터 하기 시작했다.

"어찌하든 이 조선을 대표하는 것은 주상전하이오니, 대외적인 일은 물론 내각의 수반 또한 전하께서 임명하시는 것이옵니다. 하고 내각에만 전권을 부여하면 부패할 수 있으므로, 소신은 감사원이라는 직제를 바로 휘하에 두어, 내각을 상시 감찰케 할 것이옵니다. 또한 법관이 양성되는 대로 대법원 등의 삼심제를 두어, 형의 집행 역시 관장케 하고 사면권 또한 드리겠습니다. 혹시 의문이 드는 사항이 있으면 하문하시죠?"

"차차 알아가는 것으로 합시다."

"내각의 수반으로는 여기 있는 하옥 대감을 추천하오니, 가납하여 주시기 바랍니다."

"경의 뜻대로 하오."

"성은이 망극하옵니다. 전하!"

두 사람은 곧 부복하여 사의를 표했다.

그리고 병호는 혼이 빠져나간 사람처럼 영혼 없는 응대로 일관하는 주상을 더 이상 상대하기 싫어, 그 길로 김좌근의 소매를 잡아끌고 희정당을 빠져나왔다. 이어 병호는 사전에 논의된 내각 명단을 공보처장에 임명된 최한기를 통해 발표토록 했다.

그 명단을 원안 그대로 기술하면 다음과 같았다.

총리대신: 김좌근

부총리 겸 국방대신: 김병호

외무대신: 이상적

내무대신: 이하응

재무대신: 김문근

법무대신: 김학성

문교대신: 박규수

상공대신: 신응조

농림대신: 정원용

건교대신: 구장복

문체대신: 조희룡

보건대신: 시볼트(장열성)

과기대신: 소브레로(이상혁)

우정대신: 조병준

정보부장: 이파

궁부대신: 이약우

총무처장: 성근묵

공보처장: 최한기

경찰청장: 박은조

국세청장: 남병길

감사원장: 박회수

대법원장: 서기순

총리 비서실: 남병철, 홍종응, 남성교, 윤자덕

육군사령관 대장: 최성환

해군사령관 대장: 신헌(신관호)

위의 명단을 자세히 살펴보면 왕족인 이하웅이 내무대신에 임명된 사실과, 외국인 두 명이 병호의 원안에 있었던 것을 알 수 있을 것이다. 그러나 문중의 논의 과정 중 양이를 장관에 임명하는 것은 아직 시기상조라는 중론에 따라 배제된 것을 알 수 있을 것이다.

또 임명된 인물 중에는 사전 통보 과정에서 몇몇이 고사를 하는 바람에, 병호는 삼고초려… 아니, 박회수 같은 인물은 칠고초려를 해서 모신 일도 있었다. 이렇게 내각까지 꾸리게 되자 병호로서는 한시름 덜게 되어, 그 길로 며칠 만에 집으로 향하게 되었다.

이제 각 부서별로 대개혁을 행하기 전에 모화관에 있는 중국의 흠차대신과 교섭부터 진행해야 했으므로, 지친 몸을 추스르면서 그 대응책을 강구하기 위해서였다.

그 시각 희정당의 신임 국왕 이원복은 대왕대비로부터 언문교지를 받고 묵묵히 읽어 내려가고 있었다.

"이렇게 망극한 일을 당한 속에서도 5백 년 종사(宗社)를 부탁할 사람을 얻게 되어 다행스럽소. 주상은 영조(英祖)의 혈손(血孫)으로서 지난날 어려움도 많았고 오랫동안 시골에서 살아왔으나, 옛날의 제왕(帝王) 중에도 민간에서 생장한 이가 있었으므로, 백성들의 괴로움을 빠짐없이 알아서 정사를 하면서 매양 애민(愛民)을 위주로 하여서 끝내는 명주(明主)가 되었으니, 지금 주상도 백성들의 일을 익히 알고 있을 것이오. 백성을 사랑하는 도리는 절검(節儉)보다 더한 것이 없으니, 비록 한 낱의 밥알이나 한 자의 베(布)도 모두가 백성들에게서 나온 것인 만큼, 만일 절검치 않는다면 그 피해는 즉각 백성들에게 돌아갈 것이고, 백성들이 살 수 없으면 나라가 유지될 수 없으니, 모름지기 일념(一念)으로 가다듬어 '애민(愛民)' 두 글자를 잊지 마오. 지난날의 공부가 어떠한지는 비록 알 수 없지만 사람이 배우지 아니하면 옛일에 어둡고, 옛일에 어두우면 나라를 다스릴 수 없을 것이니, 아무리 슬프고 경황없는 중일지라도 수시로 각신(各臣)을 접견하고 경사(經史)를 토론하여, 성현의 심법(心法)을 포함하여 제왕의 치모(治謨)를 점차 익힌 연후에라야 처사(處事)가 올바르게 되는 것이오. 위로는 종사의 막중함을 생각하고, 아래로는 백성들의 곤고(困苦)를 보살펴 공경하고 조심하며, 검소하고 근간하여 만백성이 바라고 우러르는 뜻에 부응토록 하오. 임금이 비록 극히 존귀하다고는 하지만 본래부터 조정 신하들을 가벼이 여기는 법은 없으니, 대신들을 예로써 대하고 대신들이 아뢰는 데에는 옳지 않은 말이 없을 터이니, 정성을 기울여 잘 듣고 마음속에 새겨두기 바라오."

이렇게 대왕대비가 학문이 짧은 신왕을 위해 훈도를 잊지 않는 중에도, 병호가 사전에 내린 밀계에 의해 휘하들은 신속히 그대로 움직이고 있었다. 즉 기병군단장 박은조 이하 9천의 기병이 각각의 군선에 실려 인근 지역에 대기하고 있다가 이

날을 기하여 뭍으로 일제히 상륙하여 기동을 시작한 것이다.

각 도의 감영을 접수하기 위해 전국 7도에 각각 1천 명씩 달려가고, 한양은 경기 감영이 있는 관계로 2천 명이 돌입(突入)하고 있었다.

제2장

대변혁(大變革)

다음 날.

선왕이 승하한 이래로 제대로 잠을 못 자 눈까지 충혈되었던 병호는 외무대신에 임명된 이상적을 데리고 모화관을 찾았다. 그곳에는 아직 귀국치 않은 전 흠차대신 이성원 외에도 새로 흠차대신으로 임명되어 온 임칙서도 있었다.

임칙서는 원칙 주의자로 아편을 철저히 단속하다가 오히려 타협파(妥協派) 관료들에 의하여 전쟁 도발자로 몰리게 되었고, 1840년 청나라 조정이 강화(講和)로 기울자 그는 모든 관직을 박탈당하고, 이듬해 이리(伊犁)로 유배되었다.

후에 복직이 허락되어 1845년 섬감(陝甘)총독, 1847년 운귀(雲貴)총독을 역임타가, 금번 도광제의 특명으로 재차 흠차대신에 임명되어 조선에 파견된 것이다.

그는 흠차대신에 임명되자마자 현 실정을 파악하기 위해 조선이 점령했다는 지역을 실사해 그 말이 거짓말이 아님을 알았다. 그러나 이 바람에 상당한 시일이 지체되어 그가 조선에 들어왔을 때는 조선 국왕의 승하 등 정국이 요동치고 있는 상황이었다.

그 바람에 그는 아무것도 할 수 없어 지금까지 모화관에 칩거하며 세월만 축내고 있을 수밖에 없었다. 그러던 중 오늘 돌연 일단의 인물들이 들이닥치니 맞지 않을 수 없었다.

"어서 오시오."

안면이 있는 이성원이 인사를 함에도 임칙서는 말없이 병호를 아래위로만 훑고 있었다. 이에 기분이 나빠진 병호가 그에게 낮게 물었다. 물론 정보부장 이파로부터 보고를 받아 그가 누구인지 잘 알고 있는 상태였다.

"당신은 누구요?"

이 말을 동행한 외무대신 이상적이 통역하자 임칙서의 볼이 씰룩거렸다. 아무리 조선이 근래 들어 막강해졌다 하나 지금까지 조선을 발톱에 낀 때만큼도 여기지 않던 상국 대신으로서는 내심 크게 분노하지 않을 수 없었던 것이다.

그러나 임칙서는 이를 애써 삭이며 상대의 도발에 넘어가지 않아야겠다는 결의를 다지며 침중한 음성으로 답변했다.

"금번 새로 흠차대신에 임명되어 온 임칙서라 하오."

"도광제가 다급하긴 다급한 모양이군. 흠차대신을 연달아 임명해 보내다니."

"말조심하시오. 함부로 상국의 황제를 입에 올리다니."

거듭되는 상대의 도발에 임칙서도 더는 참지 못하고 언성을 높였다. 그러자 병호는 오히려 빙긋 웃으며 도발의 강도를 높였다.

"전권을 위임받은 것이오? 저 흠차대신처럼 몸만 온 것이 아니고?"

"그만 합시다. 더 이상 도발에 넘어갈 내가 아니니 본론으로 들어갑시다."

"하하하! 그렇소?"

"일단 안으로 들어가, 차도 한잔하면서 좋게 풀어갑시다."

"좋소!"

이성원의 말에 병호가 동의하자 앞장선 임칙서의 안내로 일행은 모화루 안으로 들어가 각자 자리를 잡았다.

잠시 암중모색을 하느라 정적이 감도는 가운데 미리 준비가 되었던 듯 빠르게 차가 나왔다. 이를 병호는 말없이 입을 대었다 떼는 것 같더니 침착하게 입을 열었다.

"우리의 요구 조건을 다시 한번 상기시켜 드리는 의미에서 말 하겠소. 첫째, 현재 우리가 점령하고 있는 땅 전부를 조선의 영토로 인정해 줄 것. 둘째, 현재 우리가 잡고 있는 귀국의 포로는 절대 돌려줄 수 없소. 돌려받으려면 그만한 전쟁배상금을 물어야 하오. 셋째, 우리 조선에게도 영국에게 개항한 항구만큼은 개항을 할 것. 아니 천진과 대련도 개방해 주시오. 넷째, 이를 청 황제 명의로 수결하고, 만약 이 조건의 하나라도 들어주지 않으면 조선은 본격적인 청나라 정벌전을 벌일 것인즉 각오하시오. 이상이오만, 이에 대한 답변을 하나하나 들려주시오."

"끙……!"

새삼 들으면 들을수록 분기가 치미는지 괴로운 신음을 토하던 임칙서가 서서히 입을 떼었다.

"당신들이 점령한 땅 중 서간도만 조선의 영토로 인정하겠소."

"무슨 말도 안 되는 소릴……!"

임칙서의 말에 병호가 무어라 말을 하기도 전에 이상적이 어이없다는 듯 고함을 질렀다. 그러나 임칙서는 아무렇지도 않은 얼굴로 자신의 안을 개진해 나갔다.

"그리고 포로로 잡힌 아국 백성은 의당 그냥 돌려주어야 할 것이고, 개항 문제는 영국과 같은 수준으로 다섯 항구를 개방하겠소. 이상이오."

이 말을 이상적으로부터 전해들은 병호가 갑자기 자리를 박차고 일어나며 외쳤다.

"갑시다!"

이에 놀란 두 흠차대신이 멍한 얼굴로 입만 벌리고 있고, 이상적 또한 어쩔 수 없다는 듯 어기적어기적 자리에서 일어났다. 그러자 임칙서가 외쳤다.

"잠깐!"

"전쟁이오, 전쟁! 이제 양국 간에 남은 것은 전쟁뿐이니, 할 말이 있으면 빨리 하시오."

"본디 협상이라는 것이 밀고 당기는 것인데, 그렇다고 바로 자리를 박차고 일어나면 어떻게 하오?"

"협상도 협상 나름이지, 어느 정도 말이 되는 소리를 해야 협상에 임할 것 아니오?"

"하면 조선도 좀 더 진전된 안을 내놓으시오."

"좋소. 하면 전쟁배상금 문제는 거두겠소."

"포로는?"

"당연히 우리가 억류하는 것이지."

"그럼, 그게 그 안 아니오?"

"하면 두당 100냥을 내고 인수할 의향이 있소?

지금 병호의 주장대로라면 34만의 포로를 인수해 가기 위해서는 자그마치 은 3천4백만 냥이 필요했다.

따라서 청국의 현 실정으로 보아 절대 인수해 갈 수 있는 금액이 아니었다. 그러니 두 흠차대신은 입만 벌린 채 멍하니 두 사람을 바라보다가 내심 포로 협상을 포기해야겠다는 생각을 했다.

가격 흥정을 한다 해도 상대가 얼마나 깎아 줄지 의문인 데다, 대폭 깎기 전에는 현 청의 실정으로는 감당할 수 없는 금액이 분명했기 때문이었다. 그래서 임칙서가 말했다.

"하면 서간도 외의 영토는 원상회복시켜 주시오."

이 말을 들은 병호가 돌연 빙긋 웃으며 다시 자신의 자리로 가 앉으며, 엉뚱한 화두(?)를 던졌다.

"흠차대신이 두 분씩 계시니 이 기회에 조선의 계획을 미리 통보해 드리겠소. 우리 조선은 곧 '황제국(皇帝國)'임을 대내외에 선포하고 독자적인 연호를 사용할 것이오."

"뭐라고?"

"그러고도 조선이 온전할 성 싶으냐?"

이성원과 임칙서의 경악과 반발에 병호는 오히려 빙긋 웃음까지 띠며 말했다.

"솔직히 내가 바라는 바는 청국이 다시 한번 우리와 붙어주는 것이오. 하면 이번에야말로 북경까지 쑥대밭으로 만들어 조선의 강력함을 실증해 보이고 싶소!"

"저, 저런……!"

"무슨 말도 안 되는 소릴……!"

두 사람의 반응에도 병호는 아랑곳 않고 자신의 할 말만 했다.

"전임 흠차대신께서 우리의 화력 시범을 보아 아시겠지만, 내 말이 빈말만이 아니라는 것을 잘 알 것이오."

이 말에 임칙서가 '사실이냐'라고 묻는 표정으로 이성원을 바라보자 이성원이 '그렇다'는 뜻으로 고개를 주억거렸다.

그리고 임칙서에게 무어라 귓속말을 했다. 그러자 임칙서가 괴로운 신음을 토하며 한동안 생각에 잠겼다.

"끙……!"

그런 그들에게 이번에는 병호가 당근책을 제시했다.

"사람에게 신의가 기본 덕목이라면 나라도 마찬가지일 것이오. 해서 우리 조선은 그간 크게 강성해져 사방을 오시할 만한 국력이 되었지만, 그동안 청국을 상국으로 받들며 공경해 온 것도 있고 해서, 만약 청국이 양이들에게 괴로움을 당한다면 그들을 우리가 대신 물리쳐, 청국이 더 이상 민망한 꼴을 연출하지 않도록 하겠소."

"정말 그렇게 해주시겠소?"

이성원이 반색을 하며 달려들어도 임칙서는 아직 조선의 국력을 믿지 못해 물었다.

"과연 조선에 그만한 힘이 있을지 의문이오."

"하면 우리가 꼭 산해관을 돌파해야만 믿겠소?"

"끙……! 꼭 그런 것만은 아니지만."

"하니 두 분은 돌아가서 조선의 무서움을 정확히 고하고, 상호 수호조약을 체결할 의향이 있다는 것으로, 조선의 모든 요구 조건을 들어줄 수밖에 없다 하시면 면책이 될 것이오."

"허허! 이런 일이……!"

"하면 영토 문제는 그렇다 쳐도, 항구의 개방 문제는 어찌 하면 좋겠소?"

이성원의 물음에 병호가 답했다.

"한양과 북경에 양국이 동등한 자격으로 대사관을 개설한다면 항구 문제는 문제도 아닐 것이오. 청국 백성이 언제 든 조선으로 여행을 할 수도 있고, 마찬가지로 조선이 백성이 청국을 여행할 수도 있을 것이니, 항구 하나가 무슨 문제가 되겠소."

"하면 조선인의 내륙 진출까지 허용해야 된다는 말이오?"

임칙서의 물음에 병호가 답했다.

"내가 볼 때 영국이나 프랑스 등이 청국을 다시 호시탐탐 기회만 노리는 것도 그 문제 때문이오. 저들 나라들이 청국을 굳이 압박해 가며 개방을 요구하는 것은 청국 시장을 자신의 안방마냥 접근하기 위해서요. 그런데 청국은 어찌했소? 다섯 항구를 개항했으나 내륙 진출은 꿈도 꾸지 못하게 하는 데다, 저들의 과잉생산 되는 모직물조차 제대로 사주지 않으니, 이를 타파하기 위해서라도 기회만 노리고 있는 것이오. 두고 보시오. 아마 저들은 사건을 조작해서라도 꼭 청국과 일전을 벌여 자신들의 의도를 관철하려 들 것이오. 하니 우선 가장 가까운 조선 백성들만이라도 내륙 진출을 허용해, 미리 대처해 그 힘을 길러둔다면, 저들의 함포가 무에 그리 무섭겠소. 물론 우리 조선이 그렇게 되지 않도록 최대의 노력을 할 것이니, 그간 이어온 양국의 친교를 더욱 이어나가도록 합시다."

"뭐가 어떻게 돌아가는지 모르겠소."

그간 주도권을 쥐고 협상을 주도해 오던 임칙서가 머리를 흔들며 혼란스러운 모습을 연출하자 이성원이 나섰다.

"일리 있는 말이오만 조선의 힘을 제대로 보기 전에는 우리의 황제나 조정 대신들도 절대 조선의 말을 신용하지 않을 것이오. 따라서 어쩔 수 없이 빼앗긴 기 조선이 점령한 영토에서 다시 국경선을 새로 긋고, 만일 청이 위태로워지면 조선이 파병한다는 조건으로 이번 회담을 마무리한다면, 양국이 더 이상 화기를 상하는 일은 없을 것 같은데, 이를 어찌 생각하시오."

"상호 대사관도 설치하고 조선과 청국 양 백성들이 자유로이 장사할 수 있는 통상(通商)도 넣어, '통상수호조약(通商守護

條約)'을 체결하는 것으로 합시다."

"꼭 그렇게 해야만 하오?"

"아니면 우리가 청국을 위해 피를 흘릴 일이 없지요."

"……."

"장차 이 일을 어떻게 보고할꼬!"

이성원이 묵시적으로 동의하자 이제는 돌아가 보고할 일이 큰일인 임칙서가 시선을 허공에 두고 길게 탄식하는데 이성원이 말했다.

"무얼 어찌하오? 사실을 사실대로 보고하는 수밖에. 그동안 우리가 조선을 몰라도 너무 모른 것이, 금번 사태를 초래한 것을."

이 말을 받아 임칙서가 말했다.

"근래 조선의 신상품이 쏟아져 들어와 이상하게 생각은 했지만, 석오(石梧:이성원의 호) 흠차대신의 말대로라면 조선의 국력이 이렇게 비약적으로 발전해, 우리의 수호자로 자처할 줄은 꿈에도 몰랐소."

"자, 지금까지 정리된 사안을 문서화하는 것으로 회담을 끝냅시다."

병호의 말에 이성원이 물었다.

"분명 귀국의 파병을 문서화해 주시는 거죠?"

"수호(守護)라는 문구 속에 함의된 내용이고, 꼭 그렇게 할 것이니 너무 염려 마오."

"아니면 우리 둘은 돌아갈 면목도 없고, 돌아가서도 온전히 살아남기도 힘들 것이오."

"꼭 약속은 지킬 것이니 너무 염려 마오."

다시 한번 다짐하며 그들의 마음을 어루만져 주자, 그 다음부터는 일사천리로 기 논의된 대로 협상 문안을 작성 완료했다.

병호는 임시 내각청사로 사용하고 있는 의정부 건물로 돌아오자마자, 총리 김좌근의 집무실로 찾아들었다.

"다녀왔습니다."

"어찌 되었소?"

"우리의 요구 조건을 대부분 다 관철시켰습니다. 자세한 사항은 각료 회의를 소집해 말씀드렸으면 합니다."

당신이 총리이긴 하나 두 번 말하기 싫다는 병호의 말에 좌근은 내심 언짢았으나, 군부를 장악한 실세 앞에 외관상은 너그럽게 수용할 수밖에 없었다.

"그럼, 그렇게 합시다."

그렇게 말한 좌근은 곧 총리 비서실장 남병철을 불러 각료 회의 소집을 명했다. 그러자 병호는 그 자리를 나와 한 건물 내에 있는 자신의 집무실로 찾아들었다.

병호의 출현에 업무를 보고 있던 오경석, 유홍기(劉鴻基), 박제경(朴齊絅), 전기(田琦) 등이 그를 반갑게 맞았다.

"협상이 잘 끝났습니까? 부총리 각하!"

오경석의 물음에 병호가 고개를 끄덕이며 간단하게 답했다.

"물론!"

오경석은 오응현의 아들로 바타비아로 떠나 그곳에 근무하고 있던 것을 금번 자신의 비서실을 꾸리며 발탁한 것이다. 물론 전에 항해 교육을 마친 자들이 돌아올 때 같이 귀국해 조선에 머물고 있는 상태였다.

또 유홍기는 우리에게 유대치(劉大致)로 널리 알려진 인물로 근래 오경석의 소개로 만나 비서실에 발탁한 인물이었다. 또 박제경은 몰락 양반 출신으로 유홍기의 소개로 발탁했다.

전기는 전부터 데리고 있던 화원이니 더 이상 언급할 필요가 없을 것이다. 아무튼 병호는 이들 중 전기에게 건교대신 구장복을 회의를 하러 들어오는 대로 자신의 집무실로 데려오도록 지시했다.

구장복은 병호가 조선에 환생해 강경으로 처음 나들이할 때 만난 낙방 수재다. 염전 조성의 대임을 맡아 2년 전 계획대로 모든 염전 조성을 마치자, 그간 연해주에서 철도 건설을 하고 있었다. 그랬던 것을 금번에 불러들여 건설과 교통을 총괄하는 막중한 자리에 앉힌 것이다.

그런 지시를 내리고 병호가 회의 자료를 챙기는 등 회의 준비를 마치고 나니 구장복이 찾아왔다.

"부르셨습니까? 각하!"

"네, 우선 자리에 좀 앉으세요."

"네, 각하!"

그가 집무실 건너편에 배치된 소파에 앉자 병호 또한 그의 맞은편에 앉으며 말했다.

"내가 구 장관을 먼저 부른 것은 오늘부터 각 부서별로 차례로 중요 시책에 대한 지시가 내려갈 텐데, 그러자면 순서상 시일이 며칠 지체될 것 같아, 가장 중요한 일부터 착수시키기 위해서요."

이렇게 말한 병호가 그에게 경복궁(慶福宮)과 홍례문 및 내각 전체가 입주할 수 있는 신청사를 짓도록 지시했다. 경복궁은 병호가 대왕대비에게 말한 대로 5층 건물로 웅장하게 짓도록 했고, 홍례문(弘禮門) 또한 복원토록 했다.

홍례문은 광화문(光化門)과 근정문(勤政門) 사이에 있는 옛 경복궁의 중문(中門)으로, 현재의 홍례문(興禮門)을 말하는 것이다. 정면 3칸, 측면 2칸의 중층 목조 건물이다.

원래는 1426년(세종8)에 집현전에서 '예(禮)를 널리 편다'는 뜻의 홍례문(弘禮門)으로 이름을 지었는데, 임진왜란 때 불타버린 것을, 1867년(고종4) 경복궁을 중건하면서, 청나라 고종

건륭제의 휘 홍력(弘曆)을 피하여 지금의 홍례문으로 이름을 바꾸었다.

그런 역사가 아직은 도래하지 않은 시점이므로 원래의 이름인 홍례문으로 복원토록 한 것이다. 또 내각청사 역시 임란 때 불타 없어진 광화문 앞 육조거리에 짓되, 3층 높이로 전 내각이 입주해 업무를 볼 수 있도록, 장대하게 짓도록 지시를 내렸다.

우선 급한 지시를 내린 병호는 구장복과 비서 네 명을 데리고 회의장으로 향했다. 병호가 회의실로 들어서자 전 각료가 모두 자신의 자리에 앉아 그를 기다리고 있었다.

전면 중앙 총리의 자리를 중심으로 양쪽으로 긴 탁자가 이어진 가운데, 제일 끝 쪽 반대편에도 또한 총리와 똑같은 자리가 마련되어 있는 회의실 배치도였다. 이 가운데서 문 입구 쪽 중앙 책상이 병호의 자리였다.

아무튼 병호가 자신의 자리에 앉자 구장복도 자신의 자리를 찾아들어 자리를 잡았다. 그러자 김좌근이 입을 떼었다.

“부총리께서 청국과의 회담 결과를 내각에 보고 드린다 해서 이 자리가 마련되었소. 그럼 부총리께서는 회담 결과를 보고해 주시오.”

“회담 결과를 보고드리기 전에 먼저 드릴 말씀이 있습니다. 기왕 이렇게 전 각료가 모였으니, 각 부처별로 중점 추진할 사업을 지시하고, 또 이 사안을 가지고 토론하는 자리를 이어갔으면 합니다. 다들 어떻게 생각하십니까?"

병호의 말에 내무대신에 임명된 이하응이 발언을 했다.

"금번 직제를 발표하면서 각 부에 내려온 고유 업무가 명기된 책자를 보았으나, 생소한 말이 많고 충분히 이해 못 한 분도 많을 것이니, 이런 자리는 꼭 필요하다고 봅니다."

"옳소이다."

여기저기 동조하는 가운데 좌근이 정리를 했다.

"그럼, 그렇게 하기로 하고 우선 협상 결과부터 보고해 주시오."

"네!"

짧게 대답한 병호가 청국과의 협상 결과를 보고하기 시작했다.

"양국의 국경선은 우리가 현재 점령하고 있는 동간도, 서간도, 목단강, 송화강까지를 모두 우리의 영토로 청국이 인정했으며, 또한 우리가 잡고 있는 포로 34만에 대한 처분권도 우리가 획득했습니다. 그리고 양국 간에는 상호 대사관을 개설하여 수시 연락 체계를 갖추었으며, 또 통상수호조약을 체결함으로써, 양국 백성이 국경에 관계없이 어디든 드나들며 상행위를 할 수 있고, 한쪽이 군사적인 어려움에 처하면 파병 등 모든 수단을 동원하여 상대국을 지켜주기로 했습니다."

"하면 우리 조선에 월등하게 유리한 조건으로 협상이 타결되었군요."

우정대신 조병준(趙秉駿)의 발언에 모두의 시선이 그에게 쏠렸다. 조병준은 금년 35세로 규장각 직제학에서 일약 대신이 되었으니 빠른 출세가 아닐 수 없었다.

그런 그의 벼락 출세는 그가 조만영(趙萬永)의 종질이라는 배경이 있었기 때문에 가능했었다. 즉 풍양 조씨를 배려한 안배 차원이었던 것이다. 아무튼 그의 발언에 병호가 점잖게 말했다.

"꼭 그런 것만은 아니오. 수호조약이라는 것이 지금은 세상이 바뀌어 우리 군대가 청나라를 지켜줘야 할 형편이기 때문이오. 또 하나 우려스러운 점은 이 조항 외에는 우리에게 너무 일방적으로 유리하게 금번 회담이 타결되었기 때문에, 청나라 수구 세력에 의해 본 회담 결과가 받아들여지지 않을 수 있다는 점이오. 따라서 청나라에도 눈을 뜬 선각자들이 많길 바라는 마음뿐이오."

"헌데 대사관이라는 곳은 무엇 하는 곳이오?"

거듭된 조병준의 질문에도 병호는 귀찮다하지 않고 비교적 소상하게 답변해 주었다.

"대사를 정점으로 일련의 외교관들이 상대국에 파견되어, 그 파견국 내에서 자국민을 보호함은 물론, 제 증명서의 발급,

문화 교류 활동, 타국의 정보 수집 활동, 국제회의와 교섭 준비 등의 업무를 맡소. 또 대사관은 치외법권 지역으로 이 지역은 누가 되었든 함부로 드나들 수 없는 지역이니, 이를 명심해야 할 것이오."

병호가 이어 말했다.

"아, 또 하나 빠진 것이 있는데 청국에 우리 조선도 이제 황제를 세우고 독자 연호를 사용하겠다는 칭제건원도 통보했다는 사실이오. 이래저래 청국의 강력 반발이 예상되는 바, 나는 다시 한번 그들과 일전을 불사할 각오가 되어 있소. 그렇게 되면 잃는 것은 현 국경선이요, 얻는 것은 새로운 점령지 내의 무수한 청국 백성과 우리의 위신일 것이오."

"굳이 그렇게까지 청국을 자극할 필요가 있었소?"

총리 김좌근의 우려에 병호가 답했다.

"솔직히 나는 저들이 한 번의 패전으로 조선이 저들보다 강하다는 것을 조야 모두 인정하지 않을 것으로 보오. 그렇게 되면 남은 것은 양국 간의 전쟁뿐인데, 무엇이 더 두려워 망설이겠소. 모든 사안은 한꺼번에 탁자 위에 올려놓고 터뜨리는 것이, 후일을 위해서라도 바람직하다 생각했기 때문에, 금번에 아예 이 문제까지 저들에게 통보한 것이오."

"문제는 정말 전쟁을 치른다면 저들을 이길 수 있느냐는 것인데……."

좌중을 대표한 김과근의 계속되는 우려에 병호가 자신만만한 표정으로 말했다.

"절대 이길 수 있으니 그에 대해서는 너무 걱정 마셔도 됩니다. 그 문제에 관해 내 목숨을 걸 수도 있으니 모두 자신감을 갖고 앞으로 청국을 상대해 주시기 바랍니다."

병호가 목숨 운운하는 발언까지 서슴지 않으니, 이 문제에 대해서는 더 이상의 발언자가 없어 그가 계속해서 발언을 했다.

"그럼 지금부터 우리 국방부가 추진할 중점 사업이자 개혁안을 말씀드리겠소. 우선 국방부는 우리가 연해주에서 양성한 군대만 남기고 기존 군은 모두 해체하겠소."

"하면 나라를 어찌 지킨단 말이오?"

법무대신 김학성(金學性)의 발언이었다.

그는 금년 43세로 그의 능력으로 인해 정변 전 벌써 한성부판윤, 규장각제학(奎章閣提學)에 오를 정도의 빠른 출세 가도를 달려온 인물이었다. 임란 이후 크게 번성한 가문 중의 하나인 청풍김씨(淸風金氏) 출신이었다.

아무튼 김학성의 질문에 병호가 곧장 답했다.

"연해주에서 양성한 병력만으로도 당분간은 충분히 나라를 지키고도 남소."

"하면 기존의 무관들은 모두 설 자리를 잃는 것 아니오?"

"꼭 그렇지만도 않소. 하니 계속해서 들어보시오."

거듭된 김학성의 질문에 간략하게 답한 병호의 말이 이어졌다.

"그 대신 군역 제도를 확 뜯어고쳐 조선의 전 백성은, 양반 천민 할 것 없이 16세에서 19세까지는 모두 병역의 의무를 져야 하오. 즉 군에 입대하여 군 생활을 해야 함은 물론, 기존 무관들은 새로 설립될 훈련소에 자진 입교하여 신개념의 훈련을 필히 마쳐야 계속 무관으로 근무할 수 있소. 또 훈련소는 논산에 하나를 설치하여 충청 이하 하삼도 장정을 훈련시키고, 한양의 훈련원은 한양, 경기, 강원 장정을, 연해주는 평안, 함경 및 여타 도의 장병들을 훈련시키도록 할 것입니다."

"말도 안 되는……!"

"양반이 어찌 천민과 같이 군 생활을 할 수 있단 말이오?"

"기존 마냥 군포로 대신 납부하면 안 되오? 군포를 좀 더 많이 내는 한이 있더라도."

"그만!"

쏟아지는 불만에 고함으로 이를 막은 병호가 흥분된 모습으로 열변을 토해냈다.

"한 가지만 물읍시다. 혹시 양반들은 총에 맞아도 죽지 않는다고 생각하고 사는 것은 아닌지 궁금하오. 또 어찌 상민만이 군역을 져야 하오? 특권이라는 특권은 다 누리면서, 상민만이 군역을 지고 나라를 지키는 것 자체가 어폐가 있는 것 아니오? 혹자는 춘추 2필의 군포를 내는 것으로 군역에 동참하고 있다고 주장할 줄 모르나, 어찌 2필의 군포와 실제 군역을 지는 자들과 비교할 수 있겠소?"

"그래도 3년간 같이 군역의 의무를 이행한다는 것은 너무한다는 생각이 드오."

논리도 없는 기존 특권 의식에 사로잡혀 반발하는 자들을 보니 나이만 젊다면 제일 먼저 훈련소에 입교시켜 신병 교육을 시키고 싶은 심정이었다.

그런 것을 꾹 참고 병호가 다음 개혁안을 말하려는데, 정변에 얼결에 가담한 죄로, 병호의 간청에 의해 금년 67세로 3년 후면 기로소에 들 나이인, 정원용이 나서자 그의 발언을 듣지 않을 수 없었다.

"그렇게 되면 애초 국초에 나눈 신분제가 무슨 의미가 있소?"

"국초에는 원칙적으로 노비를 제외한 전 신분에 신역(身役)을 부과하고 있는 것으로 알고 있소. 헌데 어느 순간부터 이 핑계 저 핑계로 다 빠져나가니, 누가 나라를 지킨단 말이오? 모든 특권이란 특권은 다 향유하면서."

"그렇게 말하면 이치야 어느 정도 부합할지 모르나, 감정상으로는 전 양반층이 납득을 못할 테니, 그들의 반발을 불러올

게 불 보듯 뻔한 제도요. 철회하지 않으면 하루도 나라가 편할 날이 없을 것이오."

계속되는 정원용의 우려(?)에 병호가 더욱 강경한 발언을 쏟아냈다.

"아니래도 비리의 온상인 전 서원을 철폐하려 하고 있소. 하고 각 도에 이미 1천 명의 최신 총기를 소지한 기마병을 파견하여, 반발하는 양반들을 잡아들일 준비를 하고 있소. 해서 청국의 무인화 정책으로 텅 빈 동간도나 서간도로 아예 가족 전체를 이주를 시킨다면, 국토 균형 발전 측면에서도 유리할 것이라 판단하고 있소. 하니 알아서 연명 상소를 올리든, 대궐 앞에 아예 멍석을 깔고 드러눕든 마음대로 하라 하시오."

"완전히 세상을 뒤집자는 발상이군."

구시렁거리는 자는 아예 눈길 한번 주지 않고 병호가 다음 발언을 이어갔다.

"이것이 개혁의 시발이니 한 치도 물러섬 없이 집행될 것이니 그런 줄 아시고, 다음은 외무부에 대한 지시를 하달하겠소. 외무부는 지금부터라도 가급적 상대국의 말에 능통한 자를 외교관리로 선발하여, 청국은 물론 근린 제국, 더 나아가 양이들 나라 대부분까지 대사관을 개설하고 외교관을 주재시키도록 하오. 하면 너무 일방적일 테니, 상대도 우리나라에 대사관 개설을 허용하겠소."

"한양에 말입니까?"

외무대신에 임명된 이상적의 물음에 병호가 곧장 대답했다.

"물론이오!"

"허허, 이젠 눈 시퍼렇고 코 큰 서양 귀신까지 한양에서 자주 보게 생겼구료!"

궁을 관리하는 직책인 궁내부 대신 이약우(李若愚)의 빈정거림에 가까운 탄식에 병호의 눈길이 그에게로 향했다.

금년 68세로 정원용보다도 한 살이 많은 이 사람은 위로 삼조(三朝: 순조·헌종·철종)의 권우(眷遇)를 입었고, 아래로 사류(士類)의 추앙을 받아 청요직을 두루 편력했다. 문장에 뛰어나 그의 상소문은 명문으로 유명하였으며, 문사(文詞)는 스스로 일가를 이루었고, 역학·산수에도 정통한 인물로 종전 이조판서에 재직하고 있었다.

그런 그를 병호가 삼고초려 끝에 간신히 붙들어 놓은 인물 중의 하나였다. 아무튼 그의 발언에 병호가 그에게 눈길을 주며 말했다.

"정 이 대감이 편치 않다면 3년을 한시적으로 적용해 강화도에 대사관을 개설할 수도 있소."

"그렇게라도 해야 백성들이 적응되어 혼란을 면할 수 있을 것이오."

어지간한 개혁론자보다도 더 강경한 이하응인지라 전부터 손을 써 그의 마음을 샀다. 그런 이하응마저도 그런 발언을 하자, 병호가 못 이기는 척 승낙하는 발언을 했다.

“좋소! 그 안은 그렇게 하도록 합시다. 다음은 내무대신께서 중점적으로 추진할 사업에 대해 말씀을 드리겠소. 종전에 말씀드린 대로 비리의 온상인 전 서원을 한 달의 시한을 두고 하나도 남김없이 모두 철폐하시오. 만약 이에 반발하는 자가 있다면, 지위 고하를 막론하고 각 도에 파견된 기마병, 나는 그들을 경찰에 임명하려고 하오만… 아무튼 그들을 통해 모두 잡아들이시오. 하여 죄가 중한 자는 저 혹한의 아무르강 변 일대로 가족 전체를 유배 보내고, 경한 자는 간도로 유배 보내는 것으로 합시다.”

“내 진즉부터 흉중에 품고 있는 생각을 콕 집어 말씀하시니 속이 다 후련하외다. 따라서 부총리 각하의 지시대로 한 점 흔들림 없이 집행할 것이니, 마음을 놓으셔도 좋소이다.”

“저, 저런……!”

“하하하! 듣는 나도 속이 다 후련하오!”

혹자는 반발하나 병호가 대소까지 터뜨리며 즐거워하니, 이미 반쯤은 포기한 기존 고루한 대신들이 더 이상 발언도 하지 않았다.

그렇게 각 대신들이 아예 입을 봉하자 그들의 우려를 대신

전하고자 함인지, 총리 김좌근이 말했다.

"조선 팔도의 서원을 아예 없애는 것보다는 각 도에 하나씩 만이라도 남겨, 사대부들의 의지처 내지는 숨통을 틔워주는 것이 격렬한 반발을 누그러뜨릴 수 있는 방편의 하나가 아닌가 하오."

이 말에 병호가 답변에 나섰다.

"굳이 총리 각하께서 그렇게까지 말씀하시니 뜻에 따르도록 하겠습니다."

이를 받아 서원철폐를 시행해야 할 주문장관인 내무대신 이하응이 발언을 했다.

"총리와 부총리 각하께서 그렇게 말씀하시니 주무장관으로서는 따르는 게 도리겠지요."

"좋소! 또 하나 내무부에서 강력하게 추진해야 할 것의 하나는 통계 작성이오. 전국의 고을마다 가가호호를 대상으로 그 대장을 작성하되, 이것에는 각 호의 인구는 물론 각자의 성함과 연령, 또한 재산의 상태, 이는 부동산을 주 대상으로 시행하되, 한 점의 누락이 있어서는 안 될 것이오. 아예 등기소(登記所)를 설치하여 이를 전적으로 관리하고, 누락된 토지나 산림 등 여타 재산에 대해서는 나라에서 보호해 줄 필요가 없고, 아니, 발견되는 즉시 국고로 환수하는 강력한 정책을 시행하시오. 또한 통계조사 시 가축의 종류 및 수량은 물론 여타 세세한 사항까지 모두 조사하여 기록하시오, 이 과정에서 백성들에게 하나 고지할 것은, 두당 얼마씩 부과하는 인정세(人丁稅)를 부과하기 위함은 아니라 설명해 주시오. 청나라 강희 연간에도 앞으로 증가되는 인구에 대해서는 영원히 인정세를 부과하지 않는다는 등 선정의 증표로 삼았지만, 우리 조선은 아예 이를 폐지할 것이니 말이오."

현대에도 주민세(住民稅)가 이에 해당되는데 이마저 폐기한다는 것은 실로 과도한 선심 정책이었다. 하지만 이는 노란 주둥이(黃口: 어린아이)나 백골(白骨)조차 세금을 징수하는 관리들의 횡포가 마음에 들지 않았던, 병호의 역겨움이 빚어낸 정책이라 아니 할 수 없었다.

병호는 여기서 그치지 않았다. 또 하나의 폭탄선언을 한 것이다.

"모든 공노비는 이 시간 이후로 모두 해방시키도록 하시오. 이를 위해 노비 문서를 즉각 소각할 것이며, 앞으로 공노비도 부리려면 그에 합당한 노임을 주어 부리도록 하시오."

"하면 사노비는 어찌 되는 겁니까?"

"그것이야말로 조선의 신분제도를 근본적으로 흔들 수 있는 대역무도한, 아니, 초법적 발상으로 절대 시행되어서는 안 됩니다."

"나라에 그만한 돈이 어디 있습니까?"

누구나 할 것 없이 강력 반발하는 제 대신들의 쏟아지는 성토에도 불구하고 병호는 여전히 느긋한 표정으로 이를 지켜보다가 답변에 나섰다.

"내가 알기로 영조대왕 시절에도 한번 대대적으로 공노비를 면천시킨 것으로 아오. 이를 떠나서 나는 차라리 양반이니, 천민이니 하는 신분제도 자체를 철폐하고 싶소이다만, 그렇게 되면 아니래도 반발이 극심할 양반층인데, 임금의 권한을 일부 축소해 내각을 만들었듯이, 양반들에게도 일만의 위안거리는 남겨주어, 가능한 반발을 누그러뜨리기 위해 손을 대지 않는 것이오. 아무튼 이로 인해 사노비를 부리는 양반층 모두 우려를 금할 수 없어, 자신들이 부리는 노비들도 일정 노임을 줄 것인지, 아니면 근본적으로 면천을 시킬지에 대해 고민이 많을 것이오. 이 문제만은 각자 알아서 하도록 법으로 명시하지는 않을 것이오. 어찌 되었든 우리 집의 노비는 모두 면천을 시키고, 시세에 맞는 노임을 지급하여 부릴 것이오. 또 노비 면천에 따른 나라의 곳간 문제를 거론하는 충정도 잘 알고 있지만, 조세제도의 일대 개혁으로 그 문제는 담보할 것이니, 너무 걱정 않으셔도 되오. 여기에 하나 덧붙이자면 지금까지 군역에서 제외된 모든 노비들 역시 군역 대상이라는 점은 상기하고 계시는 게 좋겠소."

"허허, 장차 나라 꼴이 어찌 되려고……?"

"천지가 개벽을 하는구나!"

"하도 많이 바꾸니 뭐가 뭔지 도통 정신을 차릴 수가 없군!"

탄식하고 푸념하는 대신들의 발언을 일축한 병호는 또 조선을 10도 체제로 바꾸도록 했다. 즉 기존의 팔도 중 인구가 부족한 평안도와 함경도를 고려해 동간도는 평안도에 서간도는 함경도에 복속시키고, 연해주는 연해도(沿海道)로, 새로 정복된 그 치하의 청국 백성들을 포함하여 목단강과 송화강 유역 전체를 하나로 묶어, 영원히 흥성하기 바라는 의미에서 영흥도(永興道)라 명명하도록 하고, 강력한 이주 정책을 실시토록 했다.

"다음은 재무부에 대한 개혁 정책을 말씀드리겠소."

이렇게 운을 뗀 병호가 좌중을 한번 휘둘러보더니 곧 다시 발언을 하기 시작했다.

"재무부의 중점 시책은 뭐니 뭐니 해도 조세개혁을 단행해야 할 것이오. 근래에 일어난 홍경래의 난이라든가 대소 규모 민란의 주 원인이 삼정(三政)의 문란 때문임은 관리라면 모두 익히 알고 있는 사실이오. 헌데도 어느 누구하나 근본적으로 이를 확 뜯어고칠 생각은 않고, 언 발에 오줌 누기 식의 미봉책으로 일관하니 그 폐단이 지속되는 것 아니오? 해서 우리 내각은 금번에 아예 이를 근본적으로 개혁하여 백성들로 하여금 살맛나는 세상이 되도록 합시다."

이렇게 말문을 연 병호의 열변이 계속되었다.

"먼저 전정(田政)에 대해 언급하면 지금까지는 결(結)당 얼마다, 흉풍당 얼마, 그 밭의 토지 질에 따라 차등을 두었던 복잡한 조세제도를 연 총 수확량으로 세금을 부과하되, 조미(租米) 기준 30가마까지는 아예 세금을 부과치 않고 이후는 1/10 즉 1할부터 시작하여 생산량이 많아짐에 따라 최고 3할까지 부과하는 누진 제도로 바꿉시다."

"하면 대부분의 농가가 세금을 내지 않을 것인데 나라는 어찌 운영하려 하오?"

금번에 재무대신에 임명된 김문근의 우려에 병호가 느긋한 표정으로 답했다.

"물론 그렇게 되면 대부분의 농사짓는 백성들이 이에 해당되지 않고 광작하는 지주층만 전보다 훨씬 무거운 세금을 부담할 것이오. 그래도 세원 걱정을 할 필요는 없을 것입니다. 다른 세원(稅源)을 발굴할 것이기 때문입니다."

"다른 세원이라 하시면……?"

보건대신 장열성(張熱誠)의 의문에 병호가 곧장 답했다. 참고로 장열성은 양의 시볼트가 배출한 1기 의과대학생 중에서도, 가장 성적이 우수한 자로서, 시볼트 대신 발탁한 젊은 인재였다.

"금번에 나는 네 가지 품목을 전매제도로 묶으려 하오. 즉 소금, 인삼, 담배, 술이 그것이오."

"소금과 인삼은 그렇다 쳐도 담배와 술까지 나라에서 운영하여 세금을 물린다는 것은 백성들의 큰 반발이 예상되는 데요?"

계속되는 장열성의 질문에 병호가 답변을 했다.

"물론 그럴 것이오. 하지만 담배는 백성들의 건강에 크게 해롭고 술 또한 과음하면 건강에 이롭지 못하므로 백성들의 건강을 생각해서라도 두 품목 역시 금번에 꼭 전매제도를 시행하려 하오. 혹자는 정조대왕처럼 담배에 대한 예찬론자일지 모르나, 이는 그릇된 상식임이 금번에 밝혀졌소. 즉 10년간 꾸준히 우리 연구소에서 담배를 피우는 사람의 건강을 관찰한 결과, 담배로 인해 수많은 질병이 야기됨을 알 수 있었소."

여기서 병호는 이 시대 사람 대부분이 담배는 유익한 것으로 알고 있기 때문에 자신의 말에 보다 신뢰를 더하기 위해 신속히 첨언했다.

"여러분들조차 담배가 해롭다는 것을 믿지 못하는 분이 많을지 모르지만, 대포와 총을 만들고, 저 연해주에 가면 증기기관차 즉 말 수백 마리의 말이 끄는 것보다 더 센 힘을 발휘하는 놀라운 괴물과, 사람이 일절 관여치 않아도 제 스스로 움직이는 증기선 등의 신이(神異)한 물건들을 수없이 발명한 나의 말이니, 절대 거짓이 아니오. 따라서 내 말을 전적으로 믿어주었으면 좋겠소."

"백번 그렇다 쳐도 백성들은 담배가 해롭다는 말을 신뢰치 않을뿐더러, 기존 경작하거나 싸게 사서 피울 수 있는 담배에 고율의 세금을 먹인다면 백성들의 저항이 만만치 않을 것이오. 술 또한 자가 주조해 먹던 것을 이를 금하고 사서 먹으라 한다면 어느 백성이 이를 즐겨하겠소?"

주무대신 김문근의 말에 병호가 답변을 했다.

"물론 그럴 것이오. 하지만 모든 정책이 백성들의 환영을 받을 수는 없소. 따라서 나라가 꼭 필요하다면, 이를 위해 강제하지 않을 수 없는 것이 있는데, 금번 두 정책이 그런 것들이라 생각해 주었으면 좋겠소."

그래도 납득하지 못한 대부분의 대신들이 고개를 가로젓는 가운데 병호는 보다 구체적인 대안을 제시하기 시작했다. 즉 소금은 무조건 생산량의 2할 5푼의 세금을 납부토록 했으며, 인삼은 삼포세(蔘圃稅)라 하여 생산단계인 밭의 출하량부터 2할 5푼의 세금을 부과토록 했다.

이 과정에서 염전이 문중의 것이므로 김문에 속한 대신들의 반발이 있었지만, 병호는 전부터 내던 것에 조금 더 내는 것이라는 설득으로도 모자라, 거창하게 살신성인(殺身成仁)이라는 단어까지 들먹이니, 불만 속에서도 김문의 사람들이 더는 병호를 성가시게 하지 않았다.

아무튼 담배 또한 경작 단계부터 나라의 허가를 받아 경작케 함은 물론, 이를 전량 나라에서 수거하여 3할에 이르는 고율의 관세를 붙여, 권련이나 잎담배를 잘게 썬 봉지 담배를 판매토록 했다.

술 또한 자가 주조를 금지하고, 면(面)으로 명칭이 바뀐 고을 단위마다 양조장의 설립 허가를 내주어, 2할 5푼의 세금을 부과해 판매토록 했다. 이어 병호는 돈의 유통을 보다 활성화하기 위해 고액의 돈을 주조 유통시키도록 했다.

재무부 산하에 주조청(鑄造廳)을 신설하여 기존의 상평통보를 더욱 확대 발행함은 물론 당오전(當五錢), 당십전, 당오십전, 당백전(當百錢) 등을 폭 넓게 발행하여, 돈의 유통을 활성화함과 동시에 주조차익도 챙겨 나라 살림에도 일조토록 했다.

위의 전매제도와 돈의 유통은 혼란을 막고 주조 시간을 벌기 위해, 명년 1월 1일부터 시행에 들어가도록 했다. 그리고 이를 강력하게 실천하기 위해 면단위 당 최소 10명 이상 배치된 연해주의 기마대원들을 경찰로 임명하고, 이들에게 단속권을 부여하는 조치도 아울러 취했다.

이밖에 또 병호는 세수를 확보하기 위한 조처로, 생산되는 모든 상품에 대해 생산 초기부터 물품세(物品稅)라는 명목으로, 모두 1할의 세금을 부과토록 재무대신에게 지시를 내렸다.

다음으로 병호는 법무대신 김학성에게 지시하여 전문적인 법률 지식을 가진 법률인 및 판사를 양성하도록 했다.

법은 1785년(정조9) 경국대전과 속대전 및 그 뒤의 법령을 통합해 편찬한 통일 최신 법전인 대전통편(大典通編)을 기본으로 하되, 금번에 발표되는 개혁 정책까지 담은 대전회통(大典會通)을 새로 편찬해 이를 근간으로 삼고, 그래도 누락된 부분은 대명률을 부가법으로 하여, 전문 인력을 양성토록 한 것이다.

다음으로 병호는 문교대신 박규수에게 지시를 내렸다. 우선 조선 10도 감영에 3년제 초등학교를 설치하되, 이를 5년 후에는 전 군단위로 확대 설치하고, 또 5년 후에는 전국 면 단위에 모두 설치하여, 백성 누구나 균등한 교육의 기회를 갖도록 했다.

이렇게 연차적으로 실시할 수밖에 없는 것은 재정적인 이유도 있지만 이를 가르칠 선생도 부족했기 때문이었다. 기존 양성한 사범대 졸업생만으로는 각도에 하나씩 세워질 학교에 배치하는 정도의 숫자밖에 되지 않았기 때문이었다.

따라서 그간 사범대 학생을 대폭 받아들여 교원을 양성해야 할 것이다. 또 병호는 4년제 중고등 과정 교육기관을 5년 후에는 군 단위까지 하나씩 설치하도록 하고, 대학으로는 성균관을 4년제 종합대학으로 개편하여 필요한 부분의 인재를 양성하도록 했다.

대학 또한 10년 후에는 도마다 하나씩 더 설치하여 더 많은 인재를 길러내도록 했다. 다음으로 병호는 상공대신 신응조에게 지시를 내렸다. 신응조는 전 제철본부장 출신으로 그래도 기존의 선비보다는 새로운 문물에 대해 많은 이해를 가진 인물이라 발탁된 인물이었다.

아무튼 그의 지시에서 눈에 띄는 대목은 그의 직제에 포함된 광업 정책이었다. 즉 법무부와 합동으로 '화약류 및 총포도검류 단속법'이라는 것을 만들어, 무기 휴대에 대한 것은 물론 광산에서 화약을 사용할 수 있는 길도 트도록 했다.

또 모든 광물에 대해서는 2할의 광세(鑛稅)를 물도록 한 전매제도를 시행토록 했다. 다음으로 병호는 농림대신 정원용에게 지시하여 소작에 대해 생산량의 2할 5푼 이상을 받지 못하게 하는 소작법을 만들어 강력 시행토록 했다.

이렇게 많은 부서에 대해 지시를 내리고 답하다 보니 이날은 너무 많은 시간이 흘러 다음 날 회의가 또 소집되어 속개(續開)되었다. 오늘 제일 첫 번째 순서는 건교부, 즉 건설교통부였다.

이미 그 주무장관인 구장복에게 경복궁과 내각청사를 착공하도록 지시한 병호는, 이어 경인선을 시작으로 경부선, 경의선을 동간도까지 건설하도록 하고, 호남선과 함경선 역시 연해주까지 건설하되, 경인선을 제일 먼저 착공하여 측량 및 철도 건설 기술자를 대규모로 양성하여, 주요 4개 노선을 동시 착공토록 주문했다.

또 이와는 별도로 철도와 같이 주요 도시를 연결하는 ×축대로를 나라 주도로 건설하되, 기존 철도 노선과는 달리하여 철도에서 소외된 지역도 수혜를 볼 수 있도록 했다.

또 지방의 신작로 또한 세세한 계획을 세우되, 각 감영 및 군수, 아니, 말단 면장에 이르기까지 일정표를 주어, 각 지방민을 요역에 동원하여 공사를 강행토록 지시했다.

또 병호는 국도 및 지방의 신작로 개설 시 모스부호용 전신주도 설치하여 시대에 뒤떨어지지 않도록 했다. 이 모스부호가 전신 연락용으로 사용된 것은 1844년 발명자인 모스에 의해서 워싱턴과 볼티모어 사이의 전신 연락에 사용된 것이 최초이고, 이후 점진적으로 개량되고 있는 추세라 이를 미국에서 수입할 생각인 것이다.

다음으로 병호는 문체대신 즉 문화체육부 장관 조희룡에게 문화 창달 및 체육 보급에 힘쓰도록 지시했다. 특히 학교 교육을 기초로 하여 각종 구기 종목은 물론 현대의 육상, 사격, 수영, 여타 올림픽 종목 대부분을 국민에게 보급하여, 10년 후에는 전국 10도 체전을 한양에서 개최할 수 있도록 지시하였다.

주지한바와 같이 조희룡은 김정희(金正喜)의 문인으로, 1813년에 식년문과(式年文科)에 병과(丙科)로 급제한 후 여러 벼슬을 거쳐 오위장(五衛將)을 지냈고, 시, 글씨, 그림에 모두 뛰어난 재주를 보였다. 특히 글씨는 추사체(秋史體)를 본받았고, 그림은 난초와 매화를 많이 그린 인물이었다.

다음으로 병호는 보건대신 장열성에게 지시를 내렸다.

"연해주 백성이 의무적으로 천연두 예방접종을 받았듯이, 나머지 전 9도 백성도 차례로 천연두 접종을 받을 수 있도록 이를 강력 시행해 주기 바라오. 특히 내년에 개교할 학교의 학생들은 의무적으로 맞아야 하고, 이를 거부하는 학생은 퇴학처분토록 하시오. 또 앞으로 임명될 관리 또한 의무적으로 이 접종을 받도록 하시오. 알겠습니까?"

"네, 각하!"

"또 산하에 질병 연구소를 신설하여 동서 의학을 발전시키는 노력을 게을리하지 말 것이며, 많은 약품과 의사도 양산하여 백성들의 보건 발전에 이바지하도록 하고, 특히 장차 공보처가 발행할 신문에 손 씻기 등 위생 관련 글을 게재하여, 백성들의 위생에 대한 경각심과 함께 평균 수명을 대폭 늘릴 수 있도록 하여주시오."

"알겠습니다, 각하!"

"다음은 이상혁 과기대신!"

"네, 각하!"

이상혁은 중인 출신으로 남병철 남병길과 함께 조선을 대표하는 수학 천재다. 지금까지 병호가 문을 연 기술 연구소의 교수로 근무했던 인물이기도하고, 소브레로의 입각이 거절되자 대타로 기용된 인물이기도 했다.

아무튼 그의 씩씩한 대답이 마음에 든 듯 병호가 빙긋 웃으며 그에게 지시를 내렸다.

"산하에 과학 기술 연구소를 설립하여 해마다 50명 내지 100명씩 보내던 유학생을, 500명으로 대폭 확대하되 전원 국비로 유학시키고, 또 외국의 저명한 학자나 발명가들을 돈이야 얼마가 들든 상관없이, 원하는 자는 모두 초청하여 조선이 과학기술의 새 지평을 여는 국가가 되도록 해주시오."

"알겠습니다, 각하!"

"다음은 우정대신!"

"네, 각하!"

조병준의 씩씩한 대답에 만족한 표정을 지은 병호가 그에게도 지시를 내렸다.

"종전 건교대신에 지시한 대로 열차가 전국적으로 차례로 개통이 되고 모스부호용 전신주가 가설되는 대로, 각 면단위마다 우체국을 신설하여 각종 안부 편지는 물론, 전보도 배달할 수 있도록 직원을 선발 교육시키도록 하시오."

"전보가 뭡니까?"

"모스부호로 전송되는 약속된 부호를 해석하여 수신자에게 그 소식을 알려주는 제도요. 편지보다 속도가 빨라 하루면 조선 열도 어느 곳이든 소식을 전할 수 있는 체계를 갖추도록 해야 할 것이오."

"알겠습니다. 각하!"

"하면 봉수제도도 별 필요가 없는 것 아니오?"

총리 김좌근의 물음에 병호가 답했다.

"장차 조선 열도 모든 면 단위까지 우체국이 신설될 것이니, 우체국을 이용한다면 사실상 봉수제도보다 빠른 비상 연락망이 되기도 하는 것이니, 장차는 폐기되어야겠지요."

"허, 거참……! 계획대로라면 세상이 무섭게 변하겠군요."

김문근의 말에 병호가 고개를 끄덕이며 말했다.

"정신을 차리지 않으면 시대에 뒤떨어진 뒷방 늙은이로 전락할 수도 있으니, 항상 새로 유입되는 지식과 신문물에 깨어 있어야 할 것이오."

병호가 계속 말을 이었다.

"다음은 궁내부 대신!"

"말씀하시오."

떨떠름한 이약우의 반응에도 불구하고 병호는 일절 이를 문제 삼지 않으며, 이미 법제화된 내용과 자신이 구상하고 있는 내용을 말하기 시작했다.

"내명부 및 승정원을 휘하에 두어 궁성을 관리하고 황제를 보필하되, 기존 황족도 관직에 등용될 수 있음을 널리 알리도록 하시오. 또 승정원에서 발행되던 조보 기능은 공보처로 이관되었으니 차질이 없도록 하시고."

"왕족, 아니, 황족이 정치에 관여하는 것이 과연 온당한 일입니까?"

이약우의 우려에 병호가 곧장 답했다.

"이제 황제도 전과 같이 모든 권한을 행사할 수 있는 것이 아니니, 큰 문제가 없을 것으로 보오. 자, 연일 계속되는 회의에 모두 피곤할 것이니 오늘은 이쯤 하죠. 총리 각하의 생각은 어떠십니까?"

"좋을 대로 하오."

이미 모든 회의를 주재하며 실세 총리 노릇을 하는 병호 때문에 허수아비 총리로 전락한 김좌근인지라 나오는 대답이 좀 퉁명스러웠다. 그렇지만 자신 또한 탄환 한 발이면 이 세상을 떠나는 것을 잘 아는 까닭에 투정도 한계가 있었다. 따라서 그는 곧 산회(散會)를 선포하고 자신부터 먼저 자리를 떴다.

아무튼 전 대신들이 자리에서 분분히 일어나는데, 병호가 뒤에 배석하고 있던 오경석을 시켜 정보부장 이파를 자신의 집무실로 부르도록 했다. 그리고 병호는 곧장 자신의 집무실로 돌아와 점심을 자신의 방으로 들이도록 했다. 이파의 것과 함께였다.

촌음을 아껴 국정에 매진하고 있지만 누가 알아주지 않아도 좋았다. 자신이 고생을 하더라도 나라가 부강해지고 백성만 좀 더 잘 살 수 있다면, 더 바랄 것 없다는 것이 언제나 변함없는 병호의 생각이었다.

아무튼 병호가 자신의 자리에 앉아 잠시 생각에 잠겨 있는데 언제나 변함없이 충직한 이파가 문을 열고 들어왔다.

"부르셨습니까? 각하!"

"거기 앉아요."

"네, 각하!"

이파가 병호가 지정한 소파에 앉자 병호도 집무실 책상에서 벗어나, 그의 맞은편 자리로 위치를 이동했다. 그리고 물었다.

"내가 왜 혼자만 부른지 아오?"

"아마도 둘이 나눌 대화가 기밀에 속하는 것이 많은 까닭이 아닌가 합니다."

"밝게 보셨소. 그래서 산회하고 당신만 부른 것이오. 자, 그건 그렇고, 요즘 민심의 동향은 어떻소?"

"대부분 양반층이 요즘 전개되고 있는 일련의 사태들을 달가워하지 않는데 반해, 중인 이하 대부분의 백성들은 매우 기뻐하며 반기고 있습니다."

"흐흠……!"

이파의 보고에도 병호의 표정은 밝지 않았다. 그가 왜 그런지는 그가 하는 다음 말에서 바로 드러났다.

"지금은 그럴 테지만, 어제 오늘의 개혁안에 대한 실상이 제대로 알려진다면, 반기지 않는 정도가 격렬한 저항이 있을 텐데, 이를 어찌 생각하오?"

"동감입니다. 각하! 하지만 우리 조선을 위해서는 꼭 필요한 정책이니 양반층의 반응과는 상관없이 강력하게 추진할 필요가 있다고 사료되어집니다."

"옳은 말이오. 해서 말인데 앞으로 우리의 계획안이 발표되면 전 양반층은 물론 일부 백성들의 반발도 예상되오. 하니 이런 때일수록 정보 수집에 더욱 충실해야 할 것이고, 특히 심한 자들은 경찰에 사전 통보하여, 그런 무리들이 집단화되지 못하도록 선제적 예방 조치를 취할 필요가 있소."

"명심하겠습니다. 각하!"

"상기 내가 말한 바를 제대로 실행하려면 기존 우리의 정보조직 일부를 정식 직원으로 채용하여, 전문으로 부릴 수 있도록 하오. 물론 거기에 드는 비용은 내가 예산으로 뒷받침해

주겠소."

"네, 각하!"

"또 앞으로는 해외에도 눈을 돌려 적극적으로 정보를 수집할 필요가 있소. 그러니 외국어에 능한 자를 정보 요원으로 채용하고, 그 임무에 맡게 훈련도 시키시오."

"네, 각하!"

"그것이 끝나는 대로 나는 그들을 정식 무관으로 채용하여 외국 대사관에 배치해, 각 나라가 인정하는 허가받은 첩보원으로 기용하려 하오. 하면 나는 그들에게 상대국의 정정은 물론 군사기밀 외에도 유능한 과학자나 학자들의 초빙도 의탁하려 하오. 그러니 그런 줄 알고, 첩보원 가운데는 미녀도 양성하여 미인계를 사용해 필요한 자를 적극 매수할 수 있도록 하오. 물론 돈으로 매수할 수 있는 자는 적극 매수하여 이용토록 하고."

"네, 각하!"

"위에 내가 지시한 사항만 실천하려고 해도 많은 돈과 세월이 필요할 것이오. 하지만 어떤 경우에도 중단 없이 꾸준히 모집과 교육, 또 파견을 통해 세계 제일의 정보부가 될 수 있도록 해야 하오. 물론 이에 드는 비용은 내가 전적으로 책임을 질 테니 말이오."

"명심 봉행하겠습니다. 각하!"

이때 주문한 점심으로 비빔밥이 들어왔다. 이에 병호가 이파에게 말했다.

"금강산도 식후경이라는데 우선 식사부터 하고 계속 이야기를 나누도록 합시다."

"네, 각하!"

곧 두 사람은 맛있게 점심식사를 하기 시작했고, 실내는 여전히 더워 비라도 한 줄기 내렸으면 하는 바람은 양인 모두 같았다.

점심식사를 마친 병호와 이파는 잠시 더 밀담을 나누다가 헤어졌다. 그리고 회의가 속개되었다.

오후 첫 번째 질의응답을 할 부서는 경찰청이었으나 청장을 맡은 전 훈련소장이자 기마군단장인 박은조가 일선에서 현장을 지휘하느라 참석을 하지 않았기 때문에, 병호는 다음 부서인 총무처장 성근묵(成近默)에게 눈길을 주었다.

성근묵은 금년 65세로 1809년(순조9)에 사마시(司馬試)에 합격하였다. 1838년(헌종4) 양근군수(陽根郡守) 재임 시, 이조로부터 재학(才學)이 뛰어난 인물로 추천을 받아 경연관(經筵官)을 거쳐, 1841년(헌종7) 사의를 표명하였으나 왕의 간곡한 만류로 뜻을 이루지 못하였다.

1845년에 사헌부장령으로 발탁되었고 1847년에 사헌부집의로 승진하였다. 시(詩)예(禮)의 교훈을 집안 대대로 전하며 청렴 강직하기로 이름을 떨쳤다. 학문 또한 빼어났다. 이런 그인지라 병호는 삼고초려 끝에 그를 내각의 인사를 주관하는 자리에 앉힐 수 있었다.

"우선 총무처 대신 자리를 승낙해 주신 것에 대해 감사를 표합니다. 김 총리 내각에서 바라는 점은 전 벼슬아치에 대한 신상과 함께 그에 대한 근무 기록을 확보하는 것입니다. 이 토대 위에서 공정한 인사가 이루어지길 바랍니다. 하고 가장 중요한 것이 하나 남았습니다. 비리의 온상인 아전들에 관한 문제입니다."

여기서 잠시 말을 끊고 장내 대신들을 한번 휘둘러본 병호의 말이 이어졌다.

"당장 다음 달부터라도 관아에 근무하는 아전들에 대해 전원 녹봉을 지급하는 것입니다. 그래야 그들에게 백성을 등치지 말라 할 수 있는 것이지, 녹봉도 주지 않고 그들에게 청렴을 강요한다면 그들은 무엇을 먹고 삽니까? 하니 전 아전들에게 현실적인 녹봉을 책정하여 지급하는 일부터 합시다. 그러고도 부정을 저지르는 자는 가차 없이 그 직위를 박탈함은 물론, 엄중한 법의 심판을 받게 함으로써, 공직 기강이 확립되고 관아가 맑고 깨끗해질 것입니다. 어떻게 생각하십니까?"

"지금까지도 그것을 몰라 시행을 못한 것이 아니고, 문제는 예산 아닌가 하오."

성근묵의 발언에 병호가 재무대신 김문근을 바라보며 말했다.

"이 예산은 무엇보다 우선해 지급해야 될 것으로 생각합니다."

"알겠습니다. 부총리 각하!"

"됐습니까?"

"네!"

"다음으로 관리 선발 기준을 말씀드리겠습니다. 우선 아전에 해당하는 관리부터 이들을 저는 정7품 이하로 규정하고 이들부터 세습이 아닌 시험을 보아 등용시키는 것입니다. 시험 과목으로는 대전회통을 편찬한다면 이를 중심으로 한 행정 전반에 관한 법률, 또 예를 들어 형방에 응시한 자라면 전문적으로 형벌 등을 규정한 부분에서 출제를 하여 사전 지식을 시험하고, 사략, 자치통감 등 우리의 역사 등을 기준으로 출제하여 당락을 결정하는 것입니다."

여기서 병호는 갈증이 나는지 준비된 물을 한 잔 따라 마시고 계속해서 발언을 이어나갔다.

"또 고위 관료를 뽑는 기존의 과거는 당분간 존치하되, 시험 과목을 아전들과 같이 실무적인 문제도 추가했으면 합니다. 하고 기술직에 대한 처우 문제입니다. 대부분의 기술직이제가 알기로 7품 이상은 오를 수 없는 것으로 압니다. 이것을 5품까지 높여야 조선의 기술이 한 단계 더 발전하고, 이런 토양 위에서만 부국강병이 가능하다고 봅니다. 따라서 궁극적으로는 모든 제한이 사라져 말단으로 시작했지만, 그가 능력만 된다면 최고의 직인 대신까지도 오를 수 있는 인사 혁신이 저는 꼭 필요하다고 봅니다."

병호의 말이 계속되었다.

"또 하나 여러분들이 명심할 것은 앞으로 학생들이 배울 과목입니다. 기존의 사서삼경이 아닌 보다 실용적인 과목을 배울 것이니, 관리를 뽑는 시험 또한 이에 맞추어 발전적인 변화를 거듭해야 할 것입니다. 물론 기존의 충효 사상은 지켜나가야 하고 더욱 장려해야 할 것입니다. 물론 저의 생각에 많은 이견이 있을 것으로 압니다. 하지만 이렇게 되지 않고 종전의 인사제도를 답습한다면 조선은 여전히 공맹 사상에 갇힌 나라가 되어, 변방 국가로 전락할 소지가 다분합니다. 따라서 이에 따른 토론은 불허합니다. 다음은……."

이때였다. 성근묵이 불쑥 뱉었다.

"나는 부총리의 지시에 따를 수 없습니다. 말을 들어보면 성리학이 완전 들러리 학문으로 전락할 것 같은데, 이런 조정에서 나는 더 이상 벼슬을 할 생각이 없습니다."

"좋습니다. 받아들이겠습니다. 나는 귀하가 학문도 빼어나고 청렴강직하기 때문에 공정한 인사를 할 것으로 믿어 삼고 초려 끝에 발탁한 것입니다. 하지만 뜻이 맞지 않으면 어찌 길동무 삼아 먼 길을 갈 수 있겠습니까? 내 분명 단언하건데 공맹 사상에 갇힌 자들은 퇴보하여 가문 전체가 몰락의 길을 것입니다. 아니 내 반드시 그렇게 만들 것입니다. 공자 왈 맹자 왈 그런 뜬구름 잡는 선문답 같은 학문만으로 버텨내기에는, 서세동점(西勢東漸)의 파고가 너무 높고, 너무 가까이 다가와 우리 조선으로서는 더 이상 버텨낼 여력이 없습니다. 계속 그렇게 나간다면 청나라처럼 양이의 침탈에 그들 나라의 속국으로 전락하고 말 테니까요."

병호의 신속하고 단호한 결정에 장내가 한동안 싸했다. 사의를 표명했던 성근묵마저 당황했는지 말이 없었다. 그런 그를 향해 병호가 달래는 말을 했다.

"내 주변에 사람이 없어 귀하 같은 인물을 발탁한 것이 아닙니다. 공정하면서도 기존 양반층의 생각을 대변하라 그 자리에 임명한 것입니다. 아니고 내 주변 사람들로만 포진시킨다면, 그들 모두 개화사상가로 폭주하는 철마(鐵馬)처럼 너무 빠른 속도로 개혁이 이루어질 것이니, 속도 면에서 문제가 있을 수 있기 때문입니다. 따라서 계속 그 자리에 계시어 마땅치 않으면 반대 의견도 제시하고, 옳은 옳다 하시며 함께 우리 조선을 부강하고 잘사는 나라로 만들어 갑시다. 그렇다고 내가 충효 사상을 잊은 막돼먹은 무리를 길러내자는 것은 아니잖습니까?"

"허허, 부총리는 사람을 이러지도 저러지도 못하게 하는 아주 신묘한 재주를 가지셨군요."

난감한 표정의 성근묵에게 병호는 진지한 자세로 그에게 다시 한번 권했다.

"이왕 이 내각에 몸을 담기로 결정을 하셨으니 당분간만이라도 더 지켜봐 주셨으면 합니다."

"마뜩치 않으나, 일단 부총리 각하의 말에 따르도록 하겠습니다."

"좋소!"

성근묵의 허락이 떨어지자 병호는 다시 자신이 하려던 발언을 이어나갔다.

"다음은 공보처에 대해 몇 가지 주문을 하려합니다."

말과 함께 병호는 공보처장에 임명된 최한기(崔漢綺)에게 시선을 주었다.

최한기는 한미한 집안 출신으로 금년 37세이며 실학자이자, 과학 사상가다. 그는 중국에서 나온 수많은 신간 서적을 통해 공부한 뛰어난 학자로서 수많은 저술을 남겼다.

그는 동서의 만남을 긍정적으로 바라보고 전 지구가 하나가 되는 이상론을 설계했다. 만국일통은 장밋빛 환상이 아니라 지식인들의 주체적 각성으로 이루어질 수 있는 것이라 생각한 것이다. 역시 병호가 운영하던 연구소의 교수 출신이기도 했다. 그런 그를 향해 병호가 입을 떼었다.

"종전에 이야기했듯 조보는 이제 공보처로 이관되었소. 그러나 나는 조보로 만족할 수가 없소. 당장 내일부터라도 신문(新聞)을 발행하시오. 기사 내용은 오늘 회의에서 발언된 모든 내용을 그 중요도에 따라 발췌해 싣고, 조선 전체에서 일어나는 사건 사고도 사실에 입각하여 전달하는 것이오. 또 하나 중요한 기능은 백성들을 계도하는 것이오. 선지식으로 백성들을 깨어나게 하여 우리의 개혁 작업에 동참시키는 것이 가장 중요한 임무라 할 수 있소. 그러기 위해서는 한자가 아닌 언문 나는 언문을 이제부터 '한글'이라 명명하오만, 세종대왕이 창제하신 뛰어난 우리글로만 그 내용을 전부 기술해 주시오. 한자를 모르는 사람도 모두 읽을 수 있게 말이오."

"하면 식자층이 외면하지 않겠습니까?"

성근묵의 물음에 병호가 웃으며 답변을 했다.

"물론 사대부들은 한글로만 된 신문을 경멸 내지는 경원시하려 들겠지요. 하지만 신문에 나오는 내용이 자신들의 처지를 위태롭게 할 수도, 유익하게 할 수도 있는 내용으로 가득 찰 것이니, 마냥 외면만 할 수 없을 것이오. 따라서 어쩔 수 없이 모두 보게 될 것이므로, 그에 대한 걱정은 하지 않소. 아무튼 신문은 가능한 매일 발행하는 것을 원칙으로 하되, 당분간은 여의치 않을 것이니 삼 일에 한 번 발행하는 것으로 합시다. 하고 내 윤전기도 발명하라 했으니 그것이 발명되고, 철도와 신작로가 뚫려 사통팔달되는 대로 매일 발행하되, 필요한 사람에게만 유료로 보급하는 방식으로 합시다."

"알겠습니다, 각하!"

다음으로 병호는 국세청장 남병길에게 시선을 주며 발언을 이어갔다. 남병길은 주지한바와 같이 뛰어난 수학자로서 조양물산의 경리본부장을 맡아 재정을 총괄해 온 사람이었다.

"모든 국세를 수납하는 기관이 국세청이라는 것은 청장님도 잘 알고 계실 것이오. 여기서 중요한 것은 기존 많은 재산을 형성한 사람, 거기에는 나도 해당이 되겠소이다만……."

"하하하……!"

병호의 말에 많은 대신들이 웃음을 터뜨리는 바람에 병호의 말이 일시 중단되었다 재개되었다.

"아무튼 기존 부호 및 기득권층은 특별히 엄중 관리하여, 최소 5년에 한 번은 정밀한 세무조사를 실시하도록 하여야 할 것이오. 그렇게 해서 탈루한 세금은 모두 거둬들이는 것은 물론, 벌금을 부과할 수 있는 법 조항도 만들어, 그만한 대가를 지불토록 하시오. 여기서 특히 심한 자는 법원에 고발하여 형사상 처벌까지 받을 수 있도록 강력한 법을 만드시오."

"알겠습니다. 각하!"

"자, 이것으로 경찰청을 제외한 내각 전 부분에 대한 지시 및 질의응답이 끝났습니다. 내일은 감사원장과 대법원장님을 모시고 똑같은 시간을 갖도록 하겠습니다. 더운데 장시간 고생들 많으셨고요. 끝으로 총리 각하 이하 하실 말씀이 있는 분은 어느 분이든 발언하시지요."

"어제 오늘에 걸쳐 부총리가 지시한 내용을 보면 그야말로 조선이 상전벽해가 아니라 대변혁의 시기를 맞아 정신을 차릴 수 없을 지경이오. 따라서 가능한 것은 일정 기간 유예기간을 거쳐 시행하거나, 아니면 아예 시작하지 않는 것이 어떠신지요?"

기존 관료층 내지는 양반층을 대표한 성근묵의 발언에 병호가 즉각 답했다.

"물론 유예기간이 필요한 것은 유예기간을 둘 수도 있으나 그렇지 않은 것은 법령이 완비되는 대로 즉각 실행에 옮겨야 할 것이오. 혹자는 방금한 제 발언을 들어봐도 '왜 이렇게 개혁을 서두르느냐?' 하는 의문이 들 수도 있을 것이오. 허나 서

두르지 않으면 우리가 역으로 양이뿐만 아니라 심지어 왜놈들에게까지도 뒤쳐져, 속국으로 전락할 위험이 있기 때문이오. 두고 보시면 알겠지만, 왜도 양이의 파고를 넘지 못해 결국 개혁 개방에 나설 것인데, 그 속도가 우리가 생각하는 이상으로 빨라, 자칫하면 청국도 그들에게 먹힐 정도의 힘을 보유할 것인즉, 우리는 항상 이를 명심하고 시대의 조류에 뒤쳐져서는 안 될 것입니다."

"설마?"

누군가 뱉은 말에 병호가 더 이상 대꾸를 하지 않으니 김좌근이 좌중을 정리했다.

"이상으로 오늘 회의를 마치도록 하겠습니다. 산회를 선포합니다."

말이 끝나자마자 김좌근은 준비된 의사봉(議事棒)을 두드려 폐회를 선언했다.

* * *

다음 날.

김좌근의 요청으로 감사원장 박회수와 대법원장 서기순이 내각회의에 참석했다.

박회수는 금년 64세로 1816년(순조16) 정시문과에 병과로 급제한 이래로, 여러 요직을 두루 역임하여 1845년 우의정이 되고, 1848년 여러 차례 소(疏)를 올려 퇴관을 청하였으나 허락되지 않았다.

궁중의 원로로서 3대의 임금을 섬기면서, 정직 침착하여 매사를 신중하게 처리하고, 백성을 보호하는 데 힘써 신망이 높았다.

기회 있을 때마다 무능한 관리를 제거하고 임금의 향락을 경계하였다. 글씨 또한 잘 썼다.

이런 그였기 때문에 병호는 금번 정변을 맞아 끝까지 고사하는 것을, 칠고초려 끝에 그를 감사원장에 모실 수 있었다.

또 한 명 대법원장에 임명된 서기순(徐箕淳)은 금년 59세의 대구(大丘) 서(徐) 씨로, 본인을 포함해 5대에 걸쳐 세 사람의 상신(相臣: 정승)과, 네 사람의 대제학을 배출한 가문 출신이었다.

1827년(순조27) 증광문과에 갑과로 급제한 이래로, 청현직(淸顯職)을 두루 역임하고, 한성부판윤·대사헌·예조판서를 거쳐 오늘에 이르렀다. 집이 비바람을 가릴 수 없을 정도로 가난하게 살았고, 순조조의 청백리에 녹선된바 있었다.

그런 그였기에 이 사람 역시 정변에 거듭 사의를 표명했다. 그 바람에 병호가 그 집안의 문지방이 닳도록 드나들어서야,

대법원장직을 내락받을 수 있었던 것이다.

아무튼 두 사람이 참석한 가운데 김좌근이 개회를 선언하자, 오늘도 병호가 제일 먼저 발언을 시작했다.

제3장
파병(派兵)

"앞으로 감사원장에 대한 임명권은 장차 황제가 되실 주상 전하만이 지니셨습니다. 휘하에는 기존의 사헌부와 사간원 등의 대간(臺諫)을 거느리고, 언제든 암행어사를 임명하여, 수시로 우리 내각의 총리 이하 전 관료를 기찰할 것입니다. 이에 따라 비위가 있는 자들은 내각에 통보될 것이고, 또 내각은 죄의 경중에 따라 비위 관료를 처벌하고, 반드시 그 결과를 감사원에 통보해야 합니다. 이런 법제가 솔직히 내각으로 보면 성가시고, 못마땅할 것입니다. 그렇지만 무소불위의 권력을 쥔 내각에 이런 장치도 없으면, 고인 물이 썩는 이치와 같이 반드시 썩게 될 것입니다. 따라서 맑은 물이 외부에서 흘러들어와 정화를 시키듯, 내각 또한 이런 감찰이 있음을 항상 유념하고, 복무 자세를 바로잡아야 할 것으로 봅니다. 감사원장님 하실 말씀이 있으면 하시지요."

"험, 험……! 본의 아니게 부총리의 거듭되는 요구를 거절치 못해 이 자리에 올랐으나, 기왕지사 맡은 직분이라면 최대한 직분에 충실하려 합니다. 따라서 앞으로 수시로 암행어사를 파견하고, 대간들 또한 수시로 파견하여, 관료 조직 전반에 대한 감찰을 단행할 것입니다. 또 우리의 기찰에 비리가 적발되는 자는 지위 고하를 막론하고, 그대로 내각에 통보할 것이니 가차 없는 처벌을 부탁드리는 바입니다. 이상이오."

박회수의 발언이 끝나자 병호가 이어받았다.

"좋습니다. 다음은 대법원 등 신설되는 우리의 사법제도 전반에 대해 말씀드리려 합니다. 대법원장 역시 주상전하만이 임명권을 갖고 계십니다. 하면 대법원장은 사법기관 전반에 대한 인사 권한을 쥐고, 휘하 9인으로 구성될 대법원 판사는 물론, 훈련소마냥 공주, 한양, 평양, 해삼위에 설치될 고등법원과, 각 감명에 설치될 지방법원 법관들의 임명권 역시 독자적으로 행사합니다. 따라서 기존 고을 원들이 맡았던 백성들에 대한 재판권은 모두 이 삼심제의 사법기관으로 이관이 될 것입니다. 여기에 치안권 및 군사권까지 경찰과 국방부에 이관

되니, 앞으로 고을 원을 비롯한 일선 기관은 오로지 행정권만 행사할 수 있을 것입니다.

아무튼 이런 제도를 통해 법에 의하지 않고는 누구든 처벌을 받지 않을 것이며, 1심에서 억울하면 대법원까지 3심을 받아 자신의 죄를 심판받을 수 있습니다. 따라서 모든 사람은 법 앞에 평등하며, 고문 없는 재판을 통해 부당하게 처벌받는 일이 없도록 할 것입니다. 대법원장께서는 이런 취지를 잘 아시고, 그 구현에 최선을 다해주실 것을 기대합니다."

"방금 부총리께서 말씀하신 취지가 나는 정말 좋았습니다. 그랬기에 나는 궁극적으로 허락했고, 허락한 이상은 그 이상(理想) 구현에 최선을 다할 것입니다."

이로써 새로운 조직 전반에 걸친 이해와 중점 시책이 결정되었다. 아니 조선을 천지개벽시킬 대변혁이 시작된 것이다.

*　　*　　*

다음 날 오후.

병호는 훈련대장(訓鍊大將) 이응식(李應植), 총위대장(摠衛大將) 서상오(徐相五), 금위대장(禁衛大將) 유상필(柳相弼), 어영청(御營廳)의 중군(中軍: 從二品) 이경순(李景純), 한성부 판윤 조기영(趙冀永), 경기 수군절도사(京畿水軍節度使) 겸 삼도

통어사(三道統禦使啇) 김상우(金相宇) 등 6인을 자신의 집무실로 불러들였다.

위의 6인 중 어영청(御營廳)의 중군(中軍: 從二品) 이경순(李景純)을 부른 것은 어영대장 홍재룡이 병호에게 저항하다가 체포되어 구금되었기 때문에, 이날 참여하지 않은 어영청의 다음 지위인 그를 부른 것이다.

또 한성부 판윤 조기영을 부른 것은 수어청(守禦廳)의 주장인 수어사(守禦使: 正二品)가 경영(京營)에 있을 때는 한성부윤이 겸임하기 때문에, 수어청의 주장이기도 한 그를 부른 것이다.

이로써 조선의 실질적 무력인 오군영(五軍營)의 주장을 전부 한 자리에 불러 모은 데다, 한양에서 가까운 강화도 교동도가 임지인 경기 수군절도사(京畿水軍節度使) 겸 삼도통어사(三道統禦使啇) 김상우(金相宇)마저 불러들여, 수군까지 함께 설득하기 위함이었다.

아무튼 말없이 6인을 죽 둘러본 병호가 마침내 입을 떼었다.

"내가 여러분들을 부른 것은 나라에 피치 못할 사정으로 정변(政變)이 있었음에도 불구하고, 여러분들이 전혀 이에 개입하지 않고 군 본연의 자세를 유지한 점을 높이 치하하고, 군 또한 대대적인 개혁을 해야겠기에 그 내용을 알려주기 위해 부른 것입니다."

여기서 말을 끊고 묵묵히 자신의 말만 경청하고 있는 6인을 다시 한번 살펴본 병호가 재차 입을 열었다.

"여러분 중에 내가 양성한 신식 군대를 보신 분도 계실지 모르지만, 내가 양성한 신식 군대는 개인에게 지급되는 화기며 중화기 모두 지금 편제의 조선군과는 전혀 다르오. 그들 모두는 최신형 소총을 한 자루씩 지급받았고, 그에 따른 신식 훈련을 모두 마쳤소. 또 화기 부대는 모두 최신형 대포로 무장한바, 포병이나 해군에 이르기까지 세계 어느 나라 군대도 무찌를 수 있는 최강의 군대로 거듭났소. 따라서 이에 뒤처진 기존 여러분들이 거느린 군대는 일대 개편과 쇄신을 단행하지 않으면, 군으로서의 존재 가치가 없다는 것이 본인의 판단이고 엄연한 현실이오. 따라서 본인은 현 군 체계에 어울리지 않는 전 군을 해산할 생각이었으나, 근일에 생각이 바뀌었소. 여러분들이 조선 사회에서 문관보다는 상대적으로 많은 차별을 받으면서도 나라를 위해 묵묵히 헌신해 온 점, 또 금번 정변에서도 중립을 유지하며 의연히 군 본연의 모습을 유지한 점을 높이 평가하여, 기회를 한 번 더 드리려고 하오."

병호의 말이 여기까지 이르자 문신인 한성부 판윤 조기영 외에 5인 모두가 목울대를 꿈틀하며 기대를 드러냈다. 그런 5인 중 무예에 아주 뛰어나 '가장비(假張飛)'라 불리며, 무신으로서는 드물게 좌우 포도대장에 여러 번 오군영의 수장에 오른 유상필이 질문을 던졌다.

"내 나이 벌써 예순여덟. 신식 군대는 더 적응할 수도 없는 몸이지만, 내 후임들을 생각해서는 묻지 않을 수 없어, 신임 병조의 수좌에게 묻겠소이다. 한 번의 기회를 더 준다는 것은 무엇이고, 그런 기회를 잡지 못한 자는 어떻게 되는 것이오?"

"좋은 질문이오."

일단 칭찬한 병호가 자세한 설명을 하기 시작했다.

"한 번 더 기회를 부여한다는 것은 여기 계신 주장은 물론이고, 말단 병졸에 이르기까지 모두 한 달간 실시되는 신식 훈련을 받아야 한다는 것이오. 아니면 자신에게 지급되는 총도 못 다루는 자를 간부로 임명할 수는 없는 노릇 아니오? 이는 마치 현 체계에서 활을 쏘지 못하는 자를 간부에 임명한 것과 무엇이 다르겠소. 따라서 나는 한 달간의 훈련을 마친 현 체제의 군에 복무중인 자는, 비록 그 지위가 현재 말단 병졸이라도 신식 계급에서, 하사 이상의 부사관이라는 간부 계급을 주려하오. 하고 이를 거부하는 자는 그날부로 전역을 시킬 예정이오."

"신식 군대의 계급 체계를 알고 싶소이다."

현 69세요, 풍양 조씨 일문이지만, 가문보다는 주로 외방직에 있을 때의 선정으로 현 지위에 오른, 한성부 판윤 조기영의 의외의 질문에 병호가 빙긋 미소를 지으며 말했다.

"조 대감께서도 신식 군대에 관심이 있소이까?"

병호의 질문에 급히 손을 내저으며 조기영이 답했다.

"이 나이에 가당키나 한 소리요? 다만 일군의 수장으로서 부하들에게 자세히 알려 그들에게 기회를 주려하는 것이지요."

"역시 선정을 베풀어 신도비가 서 있는 분은 무언가 달라도 다르군요."

일단 조기영을 칭찬한 병호의 말이 이어졌다.

"조선 백성 중 남자라면 누구나 성년이 되는 16세부터 입교하여, 만 3년을 근무하게 될 신식 군대의 계급은, 최 말단 이등병을 시작으로 하여, 일병, 상병, 병장, 부 사관인 하사, 중사, 상사. 장교로 소위를 시작으로, 위관 삼 단계, 소령 이상의 영관급 삼 단계, 그다음으로 장군인 준장부터 대장까지 있소이다."

"양반 자녀도 입교를 합니까?"

벌써 삼도수군통제사직까지 역임한 바 있는 이경순의 질문에 병호가 답했다.

"물론이외다. 조선 백성이라면 누구든 군대를 갔다 와야 하오. 신체적 결함이 있는 자 외에는."

"허허, 진즉 그렇게 됐어야 할 일이었소이다."

금년 62세로 삼도수군통제사는 물론 군의 주요 관직은 모두 두루 거친 훈련대장 이응식의 반응에, 무관 모두 동조하는 가운데 병호가 빙긋 웃음 지으며, 말이 없는 경기 수군절도사 겸 삼도통어사 김상우(金相宇)에게 말했다.

"수군도 마찬가지로 똑같은 혜택을 드리겠소이다."

"전 수군을 대표하여 감사를 드리는 바입니다. 부총리 각하!"

"외방에 있으면서도 벌써 나의 직책도 알고 있는 것이오?"

"소직을 부르러 온 사람에게 들었소이다."

"그럴 수도 있겠구려. 자, 그런 줄 알고 한양의 훈련원을 훈련소로 구조 변경하는 대로 차례로 일군씩 입교를 시키리다. 하고 수군은 현 고군산군도 무녀도에 방치되어 있는 시설을 개보수가 끝나는 대로 입교하는 것으로 합시다. 아시겠지요?"

"네, 각하!"

이구동성으로 알았다는 뜻을 표하는데 지금껏 말이 없던 대대로 무관 출신 집안의 총위대장 서상오가 말했다.

"한 번 더 기회를 주심에 전 무관을 대표하여 각하께 깊은 감사를 드리는 바입니다."

"별말씀을. 앞으로는 이제 무관도 절대 문관과 차별받지 않는 세상이 될 것이오. 하지만 하나 유념할 것은 군은 나라를 위해서 존재하는 것이니, 정치 참여는 일절 금하겠소."

"명심하겠습니다, 각하!"

"모처럼 만나 술이라도 한잔하고 싶소이다만, 모두 바쁘니 다음 기회로 미루고 오늘은 이만 파합시다."

"알겠습니다."

병호의 말에 모두 분분히 자리를 털고 일어났다. 사라지는 그들을 보며 병호는 내심 오늘 행한 일에 대해 잘 했다는 생각이 들었다.

애초 기존 군을 무조건 해산할 생각을 하다가, 아니라도 양반층의 극렬한 저항이 예상되는 데다, 군마저 이에 가담하면, 이들을 토벌하는데 많은 시간과 인력을 낭비할 것 같아 내린 오늘의 조치였던 것이다.

* * *

그로부터 삼 일 후.

정변 소식과 함께 내각회의를 담은 조보(朝報) 즉 신문이 발행되자, 이 소식을 제일 먼저 접한 한양 거주 양반층부터 들끓기 시작했다. 이어 신문이 지방까지 전해지자 전국의 양반들의 성토와 상소가 줄을 잇기 시작했다.

뿐만 아니라 일부 행동파는 대궐 앞에 멍석을 깔고 농성을 시작했고, 성균관 유생들도 권당했다. 여기에 과격파 일부는 시위까지 하며 시가행진을 벌이는 등 극단적인 행동을 취했다.

이에 병호는 한양에 주둔 중인 1만여 군(軍) 중 5천을 풀어 시위자, 농성자, 권당하는 성균관 유생에 이르기까지 모두 투옥하여 심문토록 했다. 심문 내용은 단순했다. 가담 정도와 단지 가족 사항을 밝히는 것뿐이었다.

이에 그 가족 관계가 드러나면 지위 고하, 신분 여하를 불문하고, 그 가족까지 모두 체포하여 인천항에 대기 중인 군함에 실어 가담 정도에 따라, 그의 가족 전체가 동간도 내지는 동토지대인 아무르강 이남까지 유배형에 처해졌다.

이는 한양에 국한된 사항이 아니었다. 지방도 마찬가지의 결과가 이루어져 조선은 바야흐로 양반층의 궐기와 정변 지지 세력 간의 싸움으로 치달았다. 그러나 무력을 쥔 정변 지지 세력을 당할 수는 없는 법.

이렇게 한 달이 흐르자 소요도 진정 국면에 접어들었다. 그러나 그간 체포되어 북방으로 유배된 양반 수만 근 2만에 이르렀고, 그 가족까지 합치면 거의 10만에 육박하는 숫자가 황량한 새로운 북방 영토에 버려졌다.

그렇다고 아주 방치한 것은 아니고, 그들이 소지한 긴급 식량에 개간할 연장과 씨앗은 주어졌으니, 그걸로 살아남던 죽던 마음대로 하라는 소리였다. 이렇게 조선이 큰 홍역을 치르고 차츰 안정을 찾아가는데, 때 아닌 먹구름이 조선으로 몰려오고 있었다.

그것은 한 달여 만에 귀국한 두 흠차대신의 조정 보고에 따른 청국의 반응 때문이었다.

두 흠차대신의 보고는 청국 조정을 들끓게 했다. 조선에 패하여 연해주 일대의 땅을 떼어준 것도 못내 속 쓰리고 체면을 잃는 일이지만, 그것보다 조정 대신들을 더 분노케 한 것은 조선이 황제를 참칭하고 독자 연호를 쓰겠다는 통보였다.

이에 중화사상 아니 자존심에 상처를 입은 그들은 한마디로 국운을 걸고 조선을 정벌하기로 결의했다. 물론 조정대신들 가운데는 목창아라든가 숙순 등 친조선파도 있었지만 대신들이란 대신들은 모두 들고 일어나니 끽 소리 한 번 못하고 대세에 따를 수밖에 없었다.

여기에 도광제마저도 대신들의 말에 동조해 조선 정벌을 명하니 그들이 설 땅은 그 어디에도 없었던 것이다.

그래서 청국이 남방의 군사, 서쪽의 군사 할 것 없이 북경으로의 집결을 명하고, 썩은 만주 팔기가 되었든 한인 병사로 구성된 녹영(綠營)이 되었든 모두 북경으로 집결을 명한 속에서, 상황이 심각한 것을 깨달은 목창아가 소금 밀매업의 대두목 장락행에게 이를 통보하기에 이르렀다.

또 이를 통보받은 장락행 역시 긴급 상황임을 인지하고 즉시 조카 장종우에게 조선으로 배를 띄우도록 명했다. 그렇게 되어 장종우가 이파와 함께 병호를 찾은 것은 사달이 난 지 꼭 칠일 만이었다.

병호는 장종우로부터 모든 상황을 전해 들었지만 장종우와 이파의 걱정과 달리 그는 여유만만이었다. 단단히 믿는 구석이 있는 모양이었다. 그랬다. 병호가 보기에 만약 청나라와 다시 전쟁을 해도 최소 명년 봄이나 되어야 된다고 판단한 것이다.

병호가 청의 황제 도광제에게 언급한 바와 같이 운하부터 그들은 제대로 보수해야 했다. 그러나 도광제는 병호의 충고에도 불구하고 예전에 하던 대로 그대로 행하니, 관리들의 횡령으로 개보수가 지지부진하더니, 결국 금년에 이르러서는 물류의 대동맥이라 할 수 있는 대운하가 꽉 막혀 버렸다.

그 바람에 청국은 지금 남방의 쌀을 바다를 통해 운반하고 있는 실정이었다. 그러니 군사도 마찬가지라서 올해 내내 군사를 끌어올리고 명년 봄이나 되어야 병력을 움직이리라 판단한 것이다.

명년 봄까지는 7개월여… 병호는 그 시간이면 충분하다고 판단했다. 두 사람이 나가자 병호는 즉각 건교대신 구장복과 육군과 해군사령관을 부르도록 비서진에 지시했다.

그리고 채 2각이 지나지 않아 구장복이 먼저 병호의 집무실로 들어섰다.

"부르셨습니까? 각하!"

"거기 앉아요."

"감사합니다."

구장복이 소파에 엉덩이 한 짝을 걸치자 병호 역시 그의 맞은편에 앉으며 입을 떼었다.

"다름이 아니라 지금 시행되고 있는 경복궁이나 내각청사 또 경인철도, 학교 신축 공사 등을 일시 중지하고, 그 기술자 및 인원을 모두 논산, 한양, 평양의 훈련소 건설에 투입해서, 각각 1기에 1만 명을 훈련시켜 내보낼 수 있는 훈련 시설부터 1개월 내에 완공시키시오."

"그렇게 되면……."

"긴급 상황이오. 청국이 대대적으로 침공 준비를 하고 있소."

"네?"

깜짝 놀라는 구장복의 크게 확장된 동공과는 아랑곳없이 병호는 자신의 할 말만 했다.

"나라의 안위보다 우선하는 것이 없잖소. 그러니 각 훈련소마다 지금도 공사가 진행되고 있지만 일정을 크게 단축시킬 필요가 있소."

"알겠습니다. 각하! 명대로 꼭 그렇게 되도록 만들겠습니다."

"믿소!"

"그럼……!"

촌각이 아깝다는 듯 그가 나가자 바로 두 사람이 들어왔다.

육군사령관 최성환과 해군사령관 신헌(申櫶)이었다. 신헌은 관호(觀浩)에서 헌(櫶)으로 개명을 한 것이다. 그는 원래 인천에 주로 머물고 있지만 금번 소요 사태로 한양이 시끄러워지자 혹시 몰라, 병호가 해군력까지 동원할 필요성에 대비해 한양에 머물러 있었다.

물론 해군력까지 동원하지 않아도 소요 사태는 진정되었지만 아직 병호의 추가 지시가 없어 한양에 계속 머물러 있었던 것이다. 아무튼 두 사람이 자리를 잡고 앉자 병호가 대뜸 말했다.

"청국이 대대적인 침공을 준비하고 있다고 하오. 해서 말인데 즉각 유성마를 띄워 병기 제작소를 24시간 가동하라 이르고, 나진의 조선소도 마찬가지요. 최대한 많은 군선을 만들어 내도록 지시를 내리시오."

"알겠습니다, 각하!"

"하고 1개월 내 논산, 한양, 평양의 훈련소가 완공이 되면, 해삼위까지 네 곳 모두 일시에 1만 명씩 입교시켜, 1개월 내 1기씩 배출할 수 있도록 사전 준비를 철저히 해주시오. 해군은 고

군산군도 내 무녀도의 기존 시설을 이용해 훈련을 시키되, 양군 모두 기존 조선의 5군영 군사와 수군부터 입교시켜, 그들을 장교 내지는 부사관으로 임명해 지휘 체계에 차질이 생기지 않도록 하오."

"알겠습니다. 각하!"

"또 하나. 나는 육전과 해전 모두가 가능한 해병대라는 별도 군을 창설하려 하오. 하니 일단 해군 교육을 마친 자 중, 지원을 받아 다시 육군 훈련을 시키는 것으로 하여, 3만 명 정원의 일군을 하나 더 창설합시다."

"우리 해군도 육전에 약하지 않은데요?"

신헌의 이의 제기에 병호가 빙긋 웃으며 답했다.

"물론 나도 해군이 육전에도 강하다는 것을 알고 있소. 하지만 내가 별도로 해병대를 더 창설하려는 것은, 나는 그들에게 별도의 원정 임무를 맡길 생각이기 때문이오. 그러니 그런 줄 알고 내 명대로 해주시오."

"알겠습니다."

비로소 수긍한 신헌이 답하자 병호가 말했다.

"내가 하고 싶은 말은 여기까지요. 더 하실 말씀 있으면 하세요."

"16세에서 18세까지 금번에 모두 소집한다면 병기가 부족하지 않을까요?"

신헌의 물음에 병호가 웃으며 친절하게 답했다.

"그것에 대비해 벌써 15만 정을 미리 만들어 놨으니, 개인화기가 부족해 지급하지 못하는 일은 없을 것이오."

"그렇군요."

"자, 그럼, 다음에 술 한잔하는 것으로 하고, 오늘은 이만……."

"네, 각하!"

두 사람이 나가자 병호는 전에 만났던 5군영의 주장은 물론 삼도통어사 김상우까지 불러들여, 1개월 후 입교시킬 것이니 준비에 만전을 기하도록 했다.

*　　*　　*

그로부터 어언 약 7개월이 흐른 1850년 2월 5일.

만주 요하 일대에는 청군 60만 명이 집결해 있었다. 요하가 얼었을 때 이를 건너기 위해 한겨울 추위에도 산해관을 넘은 청국 병사들은 아직도 추운 북방의 날씨에 벌벌 떨며, 지휘관의 명에 따라 서서히 조선이 점령한 영토를 향해 진격을 시작했다.

그런데 이 순간 참으로 어이없는 일이 천진에서 벌어지고 있었다. 호시탐탐 기회를 노리고 있던 영국군이, 빈집털이를 감행하기 위해 30척의 군함에 6천 명의 군인을 싣고 천진 앞바다에 나타난 것이다.

그 이면에는 이런 일이 있었다. 아편전쟁에서 승리해 남경조약까지 체결했지만 불만을 느낀 나라는 오히려 영국이었다. 다섯 개의 항구를 개항하는 데에는 성공하였지만 교역량은 늘지 않았다.

중국은 5개항에서의 무역을 허용한다고 약속은 했지만 그 실행을 미루고 있었고, 아직은 내륙지역까지 외국인들의 출입을 허용하지 않고 있었다. 영국 상인들은 항구를 벗어나지 못하는 제한된 무역만으로는 만족할 수가 없었다.

특히 산업혁명 이후 영국 산업을 이끌어왔던 면제품 산업이 생산과잉이 되면서 하루빨리 넓은 시장을 개척해야 했다. 그런데 엉뚱하게도 작은 시장이라 눈여겨보고 있지도 않던 조선이 전쟁을 일으켜 청국을 무찌른 것 같더니, 남경조약보다 훨씬 유리한 조약들을 체결하려 하자 영국은 몸이 달았다.

특히 주중영사 대리로 근무하던 해리 파크스(Harry Parkes)라는 인물이 그랬다. 그는 일찍 부모를 잃고 어려서 중국에 흘러들어와 사환 노릇을 하면서 중국어를 통달하고 하급 통역관으로 지나다, 출세의 기회를 얻어 영사가 되자마자, 본국에 청을 넣어 청국을 재침할 수 있는 약속을 받아내고 군사적 지원도 받았다.

그러는 동안 많은 시간이 흘러 그들이 상기의 군사를 동원했을 때는 마침 청국이 대거 군사력을 동원하여 조선 침공을 완비하여 막 장성을 넘는 시점이었다.

이에 조금 더 기다린 영국군은 청국군이 대거 요하를 건널 시점이 되자 배를 북상시켜 천진 앞바다에까지 이르렀던 것이다. 이런 양국의 움직임에 맞선 조선의 준비도 철저했다.

장성을 넘을 때부터 이파가 그곳에 심어놓은 밀정으로부터 보고를 받아 그들의 침략 사실을 알고 있었을 뿐만 아니라, 이때는 이미 병호가 계획한 모든 훈련이 마무리된 시점이었다.

1차로 원하는 자에 한해 입교한 5군영의 군사 1만이 한양의 훈련원에서 훈련을 끝내고, 논산과 평양, 해삼위도 각각 16세에서 18세에 이르는 조전 장정(?) 1만씩을 받아 훈련을 끝내고, 무녀도에는 2천 명의 수군을 받아 5차에 걸쳐 1만 명의 해군 부사관 및 장교를 배출했다.

이렇게 해서 총 5기 즉 5개월 만에 양성된 조선군은, 육군이 기존 5군영 군사 2만을 포함하여 20만, 해군이 조선 수군 출신만 1만을 양성했다. 이 군사를 병호는 북방에 18만을 증파하고, 2만은 한양 수비를 위해 남겨두었다.

그리고 기존 1만의 연해주 병력에 전의 연해주 해군 1만 총 2만을 증강된 전력인 기선 군함 15척, 클리퍼 60척에 태워 천진으로 파병하기에 이르렀다. 그러니까 조선 바다에는 전의 수군이었던 1만만 남아 연안 방위에 임하게 된 것이다.

아무튼 병호가 해군 1만에 육군 2만의 최정예 병력을 천진에 파견한 까닭은 천진을 거쳐 북경을 공격하기 위해서였다. 만약 병호의 계획이 순조롭게 이행되면 당장 북경이 위태로워질 것이다. 따라서 육로로 진격하던 청군이 북경 사수를 위해 회군할 것이라는 믿음이 있었기 때문이었다.

그런 작전하에 조선군이 천지 앞바다에 이르니 엉뚱하게도 영국군이 먼저 진을 치고 있었다. 참으로 기이한 전경에 조선군은 일단 바다 한가운데 멈추어 섰다.

병호 또한 금번 전쟁의 승패를 가름하는 것이 다름 아닌 이번 천진 공격에 있다 생각하고 직접 출전하여 전 전함을 지휘하고 있었다.

먼 바다에서 망원경으로 영국 군함임을 다시 한번 확인한 병호는 승선한 해군사령관 신헌과 제1군단장 고민석을 자신의 갑판 위로 불러들였다. 머지않아 그들이 병호 앞에 나타났다.

"부르셨습니까? 각하!"

"당신들도 저 영국군을 발견했지요?"

"네, 각하!"

"내 생각에는 아마 저들도 청국을 공격하려는 모양이오. 아니면 이곳에 올 까닭이 없지 않소? 하고 저들이 저러는 데는 누적된 불만이 있기 때문이니 내 예측이 확실할 것 같소."

"하면 우리에게는 오히려 잘된 일 아닙니까?"

"물론 그렇긴 하지만……!"

신헌의 말에 병호는 이마를 찡그리며 무언가 못마땅한 듯 잠시 생각하다가, 무슨 꾀라도 하나 생각해 냈는지 표정이 확연히 밝아지며 말했다.

"저들과 일단 협상을 합시다."

"어떤 내용으로요?"

"일단 저들의 공격을 용인하되, 우리는 그 뒤를 치는 것이오."

"네?"

이해를 못한 두 사람의 눈이 동시에 커지거나 말거나 병호는 자신의 계획만을 말했다.

"내가 볼 때는 저 정도 규모의 전선과 병력이라면 아직도 정신을 못 차리고, 240년 전의 전선과 뒤떨어진 무기로 무장한 청군이 여지없이 일패도지할 것이오. 하여 저들이 북경을 위협하면 만주로 진격한 청군은 반드시 회군할 것이오. 그때 우리가 청국의 구원군으로 나타나는 것이지. 그러니까 지난번에 약속한 통상수호조약을 제대로 실천하는 것이란 말이오."

"그렇다고 우리 해군에 득될 것이 무엇 있습니까?"

"은혜에 감격한 그들로서는 전에 우리가 주장한 내용을 추인하지 않을 수 없을 것이오. 하고 북방 아군 또한 기회가 될 것이고."

"그래도 그건 우리가 영국과 척을 지는 것에 비하면, 별로 남는 장사가 아닌 것 같습니다."

장사에 비유하는 고민석을 보고 병호가 말했다.

"그건 꼭 그렇지만도 않소. 그렇게 됨으로써 우리 조선의 웅대한 계획의 일보를 내딛게 되는 것이니까."

"웅대한 계획이라 하심은?"

신헌의 물음에 병호가 빙긋 웃으며 계획을 단 한마디로 표현했다.

"대동아공영권(大東亞共榮圈)!"

아시다시피 '대동아(大東亞)'란 동아, 즉 동아시아에 동남아시아를 더한 지역을 가리키는 말로, 2차 세계대전 당시 일본이 아시아의 여러 나라를 침략하며 내세운 기치다.

즉 아시아 민족이 서양 세력의 식민 지배로부터 해방되려면 일본을 중심으로 대동아공영권을 결성하여 아시아에서 서양 세력을 몰아내야 한다는 것이다.

따라서 대동아공영권의 결성이란. 일본, 중국, 당시 일본이 점령하고 있던 조선과 만주를 중축(中軸)으로 하여, 프랑스령 인도차이나·타이·말레이시아·보르네오·네덜란드령 동인도·미얀마·오스트레일리아·뉴질랜드·인도를 포함하는 광대한 지역의 정치적·경제적인 공존공영을 도모하는 블록화였다.

똑같은 발상으로 여기에 병호는 일본이 아닌 조선을 중심축으로 이를 달성하고자 하는 것이다. 이를 병호가 두 사람에게 차근차근 설명하자, 두 사람은 그야말로 병호의 원대한 야망에 깜짝 놀랐다.

그리고 한참만에 신헌이 병호에게 물었다.

"실로 그게 가능하겠습니까?"

"안 될 건 또 뭐요? 조선이 이 상태로 계속 발전한다면 머지않아 달성될 수 있을 것이오."

"전 양이들과 척을 져야하는데요?"

"우리 근린 제국이 단합만 한다면 양이들도 결코 두려운 상대가 아니오. 하고 지금 조선의 전력만으로도 양이 1~2개국은 우리의 적수가 아니오. 우리가 원정을 행하지 않고 동양에서 맞붙는다는 가정하에서 말이오. 저들로서는 동양에 파견할 함정이 제한적일 수밖에 없을 것이니, 더더욱 상대가 안 될 것이오."

자신만만한 병호의 말에도 둘의 표정은 여전히 신중하기만 했다. 이때 영국 군함 한 척이 아군 전함을 향해 다가오고 있었다. 이를 보고 고민석이 말했다.

"저들이 먼저 대화를 하러 오는 모양입니다."

"그런 모양이오."

표정 변화 없이 답한 병호가 수행한 비서진 중 오경석을 돌아보며 말했다.

"통역을 담당하도록!"

"네, 각하!"

언어의 귀재 오경석은 그동안 중국어와 영어, 네덜란드어에 능통한 것은 물론 심지어 왜어와 프랑스어까지 일상생활에 지장이 없을 정도로 능숙하게 구사하고 있었다.

아무튼 그동안 일정 거리까지 다가온 영국 군함은 더 이상 다가오지 않고 아군 측에 소리를 지르고 있었다.

"영국의 영사께서 대화를 원하고 계시오."

본래의 직함에서 대리(代理) 자는 빼고 있었다. 그런데 상대의 말이 중국어였다. 이에 오경석도 중국어로 그 자에게 악을 쓰듯 소리쳤다.

"그럼, 귀국 영사께서 아국 갑판으로 오라고 하시오."

"좋소. 그 배로 가면 되오?"

"그렇소."

"영사님께서 여기 타고 계시니 바로 그쪽으로 가겠소."

"알았소."

대화가 끝나자 영국 군함이 서서히 아군의 대장선을 향해 다가왔다.

곧 가까이 다가온 영국 군함에서 소형 단정(短艇)이 내려지고 그 위에 오른 두 명이 힘겹게 아군 대형 기선에 올랐다. 두 명 중 한 명이 천천히 걸음을 떼며 연신 사방을 둘러보고 있었다. 노골적으로 아군 기함의 무장 상태를 살피고 있는 것이다.

그러던 그가 마침내 병호 일행의 앞에 섰다. 스물서넛 되어 보이는 구레나룻을 무성하게 기른 서양인이었다. 동행한 또 한 명은 사십 대 초반의 중국인 같았다. 하는 행동이나 모습에서 병호는 영사가 금방 누구인 줄 알 수 있었다.

그래서 병호는 자신 또래의 청년에게 먼저 악수를 청하며 자신을 소개했다.

"조선의 국방장관 김병호라는 사람이오."

"아, 국방장관께서 직접……."

"나 또한 영사가 직접 군함에 오를 줄은 상상하지 못했소."

"우리 군을 믿으니까요."

해리 파크스는 중국어에 능통함에도 불구하고 시종 자신은 영어로 말을 하며 중국어 통역을 시키고 있었다.

"하고 싶은 이야기가 뭐요?"

"조선이 출병한 목적을 묻고 싶소이다."

이에 병호가 시침을 뚝 떼고 답했다.

"시위 목적이오."

"아, 그렇습니까?"

해리 파크스는 기묘한 웃음을 흘리며 믿지 않고 있음을 간접적으로 표현했다. 그러나 병호는 이에 개의치 않고 그에게 물었다.

"청국을 공격하려고요?"

"우리도 시위로 좀, 우월적 지위를 얻어보려고 하오."

"하하하… 그렇습니까?"

벌써 일본어까지 깨우쳐, 원역사에서 훗날 주일 영국 공사는 물론 주청 영국 공사 겸 주조선 영국 공사까지 맡게 되는 이 인물은, 고생을 많이 해서인지 상당히 노회하게 굴었다.

서로의 속내를 내비치지 않으니 양인의 대화는 겉돌 수밖에 없었다. 이에 병호가 먼저 단안을 내려 말했다.

"귀국이 청국을 공격한다면 우리로서는 양보할 의향이 충분히 있소이다."

"우리도 똑같은 입장이외다."

'이 녀석이……!'

병호는 내심 욕설을 퍼부으며 만만치 않은 상대를 잠시 정시하다가 굳은 얼굴로 말했다.

"그럼, 양국이 먼저 한판 붙는 것은 어떻소?"

"어, 그건……!"

병호의 일사불사하자는 말은 전혀 생각지 못했는지 그가 당황해 말을 미처 맺지 못했다.

그도 그럴 것이 자신들은 30척 남짓의 전함에 6천의 병사인데 비해, 상대는 총 75척의 전함에 군인의 숫자도 자신들보다 몇 곱절 많아 보였다. 거기에 무장 상태도 자신들과 외관상은 별반 달라 보이지 않으니, 은근슬쩍 겁이 난 그가 한참 고심하다가 말했다.

"솔직히 조선의 무장이 의외로 견실한데 놀랐소. 양국이 서로 수호조약을 맺는 게 어떻겠소?"

이때는 이미 양국이 통상조약을 체결해 대사급 외교 관계를 맺고 있는 실정이었다. 거기에 이자의 말은 군사조약까지 맺자는 것이다.

"글쎄요? 그 문제는……!"

이번에는 병호가 고심하는 척하다 답변을 했다.

"굳이 그럴 필요까지는 없을 것 같고, 이번에 한해 동맹을 맺읍시다."

의외의 대답인지 해리 파크스의 표정이 굳어졌다. 세계 최강이라 자부하는 자국과 동맹을 거부하니 모욕감은 둘째 치고 상당히 놀란 것이다. 그런 그가 말했다.

"좋소! 누가 먼저 공격을 하겠소?"

지체 없이 병호의 입에서 답이 튀어나왔다.

"귀국이 먼저 하시오."

"아, 그러지 말고 동시 공격을 합시다."

"무슨 소리요?"

"청국의 포대가 이곳만 있는 것이 아니고 대고(大沽)에도 포대(炮台)가 있으니, 귀국이 그곳을 맡아주셨으면 좋겠소."

이자의 말에서 아국 대포의 성능을 알아볼 속셈임을 깨달은 병호가 난처한 표정을 짓더니 말했다.

"솔직히 우리의 무기는 귀국에 비해 성능이 많이 떨어지오. 그러나 태운 병사들은 강하니, 귀국이 포대를 부수고 뭍으로 오르면 뒷감당은 우리가 충분히 할 수 있소."

"하하하! 그렇소? 하면 뒷감당은 충분히 해주시는 것이오?"

이자의 한계는 거기까지였다. 병호의 말에 의기양양한 표정을 지으며 대소를 터뜨리며 하는 말에, 병호가 확신을 주기 위해 솔직하면서도 힘주어 답했다.

"물론이오. 귀국의 공격이 성공한다면 요동 벌의 청국 군사가 틀림없이 북경을 구하러 달려올 것인즉, 우리에게도 좋은 일이오. 따라서 틀림없이 아국 군이 귀국 군대의 뒤를 봐주리다. 설령 당신들 군대가 공격에 실패해 진퇴양난에 빠진다 하더라도, 우린 당연히 귀국을 도와 철수를 보장할 것이오."

"좋소. 이를 당장 문서화합시다."

"양국 언어로 각각 작성합시다."

"영어로 합시다."

이 문제를 가지고도 청국과 영국은 2차 아편전쟁 때 심하게 다툰 일이 있었다. 그럴 정도로 생각보다 민감한 문제였기에 병호도 지지 않고 말했다.

"양국 언어로 작성하는 만큼 공평한 것이 어디 있소?"

"좋소. 이번에만 적용되는 한시적인 동맹인데 그걸 가지고 시간 낭비할 필요는 없겠지요."

이렇게 되어 양군은 상기 말한 내용을 가지고 문서화 작업을 벌였다. 그리고 이것이 끝나자 해리 파크스는 지체 없이 선상을 물러갔다.

그가 물러가자마자 병호는 해군사령관 신헌에게 지시하여, 요하가 멀지 않은 호호도(葫芦島)로 척후선을 한 척 파견하도록 명했다. 당연히 청국 군사가 철수를 하는지 안 하는지 확인하기 위해서였다.

* * *

그로부터 보름이 흐른 3월 초닷새였다. 호호도로 파견되었던 척후선이 돌아와 보고를 했다. 청국군이 대거 퇴각을 단행해 북경으로 귀환하고 있다는 내용을 전한 것이다.

이를 보고받은 병호는 갑자기 대소를 터뜨리며 말했다.

"하하하! 영국 놈들이 제법 잘 싸운 모양이로구나!"

"그런 모양입니다. 각하!"

"이젠 북방의 아군이 계획대로 수세에서 공세로 전환할 때인가요?"

"아마도 지금은 한창 진격 중이겠지."

고민석과 신헌의 말에 답하며 기분 좋은 미소를 짓던 병호가 갑자기 신헌을 보고 명했다.

"천진 앞바다로 갑시다. 가서 영국 군함을 철저히 부수는 것이오. 산 놈이 하나도 없을 정도로."

이들의 현 위치는 천진 위인 대고의 먼바다 상였다.

"굳이 그렇게까지 할 필요가 있을까요?"

주저하는 신헌의 물음에 병호가 말했다.

"대동아공영권을 결성하기 위해서는 금번에 조선의 위력을 청국에게 확실히 보여줄 필요가 있소."

"언제든 부술 수 있으니 북경의 상황을 보아가며 하는 것이 어떻겠습니까?"

이치상으로는 신헌의 말이 맞았으므로 잠시 고심하던 병호가 신헌에게 물었다.

"영국 함정을 언제든 철저히 부술 수 있는 것이죠?"

"그것은 각하께서 더 잘 알고 계시지 않습니까?"

"좋소! 일단은 육군 1만만 파견하여 북경의 상황을 살펴보도록 합시다."

"해군도 5천 정도는 충분히 지원 가능합니다. 혹시 모르니 함께하는 것이 좋겠습니다. 각하!"

"흐흠… 좋소, 그렇게 합시다. 그 대신 내가 직접 북경으로 출정하겠소. 사령관께서는 영국 군함을 맡아주시오."

"굳이 몸소 가셔야겠습니까?"

"아니오. 내가 직접 북경으로 가 현지 사정을 살피리다. 더 이상의 양보는 없으니 어서 준비하시오."

"네, 각하!"

이렇게 되어 병호는 즉시 작전을 변경하여 쑥대밭이 된 대고를 지나 병호는 1만 5천 육해군을 이끌고 급거 북경으로 달려갔다. 아직 일정이 촉급하여 해병대는 양성하지 못한 시점이었다.

아무튼 조선군이 가는 길은 이미 영국군이 한차례 휩쓸고 지나간 뒤라, 거의 무인지경이나 다름없는 길을 달려, 병호가 북경 외곽에 들어선 것은 그로부터 5일이 지난 시점이었다.

북경 시내가 한눈에 내려다보이는 높은 산에 올라 병호가 성내를 세세히 살펴보니 두 가지 이상한 점이 있었다. 하나는 서쪽 교외 호수가 많은 땅에 지어진 황실 건물 일부가 불타고 있는 것이었다.

또 하나는 백성들 모두가 상복을 입고 있는 것이었다. 이는 황제의 죽음 외에는 달리 설명할 길이 없다. 생각이 여기에 미친 병호의 머리가 빠르게 회전했다.

도광제의 죽은 연대는 정확히 모르지만 근 70세의 황제니 충분히 죽을 때도 되었을 것이다. 아니 너무 오래 살았는지도 모른다는 생각을 하며, 병호는 달라진 정세하에서 앞으로의 계획을 점검하지 않을 수 없었다.

숙고를 끝낸 병호는 산을 내려가며 따르고 있는 고민석에게 말했다.

"갑시다. 일단 자금성을 점령하고 봅시다."

"네, 각하!"

곧 산에서 내려온 병호는 1만 5천 병력을 이끌고 외성 남쪽 정문인 영정문(永定門)으로 향했다. 그곳에 이르니 영국 놈들이 이곳까지 대포를 끌고 와 공격을 했는지, 문이 다 파괴되어 있었고 주변은 온통 난장판이었다.

거기에 지치고 피곤한 병사들 수백 명이 지키고 있었으나 전혀 생기가 없는 몰골들이었다. 이런 모습을 보니 병호로서는 참으로 한심하다는 생각을 금할 수 없었다.

자신의 중심축이 되는 지역 방어는 전혀 고려치 않고, 전 병력을 조선 정벌에 동원한 듯한 모습에서, 노인네가 이제 망령이 난 게 아닌가 하는 생각이 들었다. 아니 이미 죽었을지도 몰랐다.

어쨌거나 대규모 조선군의 진주에 청국군은 전혀 싸울 생각은 않고 두 손을 번쩍 치켜들었다. 참으로 한심한 모습이었지만 병호는 더 이상 지체할 수 없어, 그들을 접수하는 대로 그대로 내성을 향해 전 병력을 이끌었다.

조선군 대병의 출현에 놀란 백성들이 사방으로 아우성쳐 달아나는 광경을 무시하고 일직선으로 달리다 보니, 어느덧 지금의 천안문(天安門)이 대청문(大淸門)이라는 편액을 달고 서 있는 것이 보였다.

뿐만 아니었다. 조준이 잘못되었는지 성루 일부도 파괴되어 흉물스러운 몰골을 연출하고 있었다. 여기에 뻥 뚫린 성문 사이로 대경한 수백의 위사들이 아군을 주시하고 있는데 고민석의 2차 명령이 떨어졌다.

"돌격하라!"

"돌격하라!"

탕 탕 탕……!

타당 탕탕탕……!

"으악……!"

"컥……!"

"캑……!"

요란한 소음과 함께 다양한 비명이 천지간에 아득한 가운데 아군의 군화 소리가 전 중국을 뒤흔들고 있었다. 자금성이야말로 중국의 심장. 이곳이 드디어 조선 군인의 군화에 바야흐로 짓밟히려는 순간이었다.

"멈춰라!"

전방에서 온 힘을 다해 소리치며 달려오는 자가 있었다. 붉은 방추형(紡錘形) 고깔모자에 관복을 입은 흰 수염의 노인이었다. 달려오는 모습이 금방이라도 넘어질 듯 위태위태했다. 그만큼 고령이었던 것이다.

"아니, 저자는?"

그는 병호도 아는 사람이었다. 아직도 밀염으로 인연을 맺고 있는 목창아였던 것이다. 현재 그는 도광제와 같은 나이인 69세로, 군기대신(軍機大臣)에 이어 문화전대학사(文華殿大學士)까지 지위가 올라 있었다.

"공격 중지!"

"중지!"

목창아를 발견한 병호가 공격을 중지시켰다.

그리고 대열에서 이탈해 천천히 앞으로 걸어 나갔다. 그제야 병호를 발견한 목창아가 자신들이 일방적인 피해를 본 것은 염두에도 없는지 반갑게 맞았다.

"아니, 이게 누구신가?"

"강녕하셨습니까? 대인!"

재빨리 통역에 나선 오경석의 중계로 둘의 대화가 계속되었다.

"허허, 자네가 우릴 공격할 줄은 몰랐네."

일국의 부총리로 병권을 쥐고 있는 병호를 전과 같이 생각하는지 말투가 반말에 가까웠다. 히지만 병호는 전혀 개의치 않고 그와 대화를 계속했다.

"붕어하셨습니까?"

"맞네! 벌써 보름도 더 지났네. 아니면 조선에서 철군하지도 않았어!"

"영국군에 자금성이 뚫려 철수시킨 것은 아니고요?"

"험, 험……! 굳이 부인하지는 않겠네. 그 또한 한 요인이지."

이를 계속 울근불근하며 지켜보던 고민석이 갑자기 목창아에게 고함을 질렀다.

"이보시오! 말조심하시오! 일국의 부총리께 계속 하대를 하다니."

"아! 그렇게 되었는가? 미안하네."

"그래도……!"

"하하하! 영민하여 언젠가는 크게 출세할 줄 알았더니 벌써 조선을 좌지우지하는 사람이 되었다니 놀랍소이다."

"별말씀을."

"우리 여기서 이럴게 아니라 조용히 대화 좀 나눕시다."

"그러시죠."

그에게 알고 싶었던 것이 많았던 병호는 두 말 않고 승낙했다. 어느새 청군 수천 명이 운집해 있는 모습을 본 병호가 더 이상의 확전을 막기 위해 고민석에게 명했다.

"더 이상의 충돌은 자제하시오. 목 대인도 병력을 물려주시고요."

"조선군은?"

"이곳에 머물러 있겠소이다."

"그러지 말고 우선 저 흉악무도한 양귀부터 퇴치해 주시게. 살인, 약탈, 강간도 부족한지, 이제 아예 원명원(圓明園)에 방화까지 하고 수많은 보물을 약탈하고 있는 중이오."

"정말입니까?"

"이화원 쪽에서 오르는 불길이 그 증거요."

"알겠습니다."

답한 병호가 재차 고민석에게 명했다.

"원명원으로 달려가 영국군을 모두 잡아들이시오. 반항하는 자는 사살해도 좋소!"

"네! 알겠습니다. 각하!"

부동자세로 답한 고민석이 금방 제 병력을 이끌고 사라졌다. 물론 병호를 경호할 병사 5천 명은 남긴 상태였다. 그러니까 자신 휘하의 육군만 데리고 간 것이다.

이를 물끄러미 바라보던 목창아가 말했다.

"어디 조용한 곳으로 가 대화한다는 것도 서로의 처지가 있으니 쉽지 않은 일이군."

남은 5천 병사를 힐끗 바라본 병호가 말했다.

“그냥 조금 떨어진 곳에서 대화하는 것으로 하죠.”

“그럽시다.”

둘은 조청 양군과 멀어지기 위해 우측으로 조금 걸어가 멈춰 섰다.

“신임 황제는 취임했습니까?”

“그렇소. 넷째 황자가 황위에 오르셨소.”

“음……!”

병호가 고개를 끄덕이고 있는데 목창아가 물었다.

“어찌할 계획이오?”

“우리는 통상수호조약에 따라 청국을 수호하러 온 것이오.”

“정말이신가?”

병호의 말에 급격히 친밀감을 나타내며 목창아가 급히 병호의 손을 잡아왔다. 이에 병호가 말없이 고개를 끄덕이며 그의 손을 마주 쥐자, 목창아는 잡은 손에 더욱 힘을 주며 세차게 흔들었다. 그러며 물었다.

“더 이상 다른 요구는 없는 것이지요?”

“지난번의 합의대로 속히 양국의 국경선이 확정되고, 통상조약이 발효되기를 바랄 뿐입니다.”

“그렇게 되면 아마 청국도 더 이상 조선을 괴롭히지는 않을 것이오. 저 양귀들마저 내쫓아준다면, 아국도 의리를 모르지는 않거든."

"황제를 한번 알현하고 싶습니다."

"국상 중이라 경황(景況)이 없지만 물론 그래야겠지요. 내 이럴 때가 아니지. 일단 잘 수습되었다고 황상께 품신하고 오겠소이다."

"그러시죠."

곧 목창아가 사라지자 병호는 전령을 띄워 원명원 쪽의 사정을 알아보도록 했다. 그렇게 시간이 흘러 반 시진이 지나자 전령이 먼저 달려와 병호에게 고했다.

"대부분의 영국군을 포로로 잡았습니다."

"아군의 피해는?"

"경미한 것으로 알고 있습니다."

"알겠네."

"충성!"

"충성!"

전령이 물러가고 채 일각도 되지 않아 고민석이 약 4천 명에 가까운 영국군을 양떼 몰 듯 몰고 나타났다. 이때 조선군은 청국과의 충돌을 피하기 위해 대청문 앞 광장에 머물고 있는 상태였다.

"충성! 임무를 마치고 돌아왔습니다. 각하!"

"수고했소! 포로로 잡은 자가 얼마요?"

"3,857명에, 181명을 사살했습니다. 각하!"

"아주 잘했소!"

"방심한 적을 기습한 결과입니다."

"청국 관리가 보물 어쩌고저쩌고 하던데?"

"모두 압수해 원위치 시켜놨습니다."

"견물생심이라는데 욕심을 부리지 않았다니 훌륭하오!"

이때였다. 비척비척 열에서 이탈하여 항의하는 자가 있었다. 다름 아닌 영사 대리 해리 파크스였다.

"신의를 배반타니, 어찌 이럴 수 있소?"

"나는 영국인을 신사로만 알아왔소. 헌데 당신들이 청국에 들어와 한 일이 도대체 뭐요?"

"우리의 요구 조건을 들어주지 않으니 그런 것 아니오?"

"그래도 살인, 방화, 약탈, 강간, 가장 추악하고 잔인한 범죄라는 범죄는 모두 저지른 당신들은, 야만인이라는 말 외에 달리 표현할 길이 없소. 그래도 뚫린 입이라고 할 말이 있소?"

"끙……!"

유구무언의 파크스가 괴로운 신음을 토하며 입을 닫자 이번에는 다른 자가 열에서 걸어 나왔다.

"영국 해군 제임스 호프(James Hope) 소장이오."

척 보아하니 사십 대 초반의 제법 준수하게 생긴 자였다.

"무슨 일이오?"

"우리를 어찌할 셈이오?"

"청국 조정과의 협상에 따라 처분이 결정될 것이오."

"어떠한 일이 있어도 포로의 신분은 유지되어야 하오."

"당신들이 남의 나라에 행한 행동은 생각 않고 합당한 대우만 요구하는 것이오?"

"어찌 되었든 우리의 신분은 유지되어야 하오. 아니면 조선이 불바다가 되는 참화를 면치 못할 것이오."

"하하하… 지금 나를 협박하는 것이냐?"

"그렇게 들렸다면 그런 것이겠죠."

"하하하! 그 한마디로 너희들의 신분은 결정되었다. 앞으로 영국과 일전을 불사하는 한이 있더라도 너희들을 영원히 조선에 억류할 테다."

"무슨 말도 안 되는 소릴!"

이때 급히 나서는 자가 있다.

"시끄럽다!"

고민석 군단장이었다. 군화로 그의 정강이를 걷어찬 것이다.

"컥……!"

괴로운 신음을 토하며 주저앉는 호프를 보고 파크스가 나섰다.

"이 무슨 미개한 짓이오?"

"하하하! 미개? 너희들과 같은 야만인과 대화를 하고 있는 내가 한심하다. 저 두 놈부터 단단히 결박지어 사흘을 굶겨!"

"네, 각하!"

포승이 없기 때문에 다른 영국군은 무장해제만 당했는데, 유독 두 사람은 군복을 찢어 꼰 포승에 묶여 있는 것을, 더 단단한 오라로 묶어 굶기라는 명이었다.

이때 이쪽을 향해 부지런히 걸어오는 사람이 있었다. 목창아였다. 그가 멀리서부터 소리쳤다.

"아, 축하하오, 축하해! 대승 거둔 것을."

"감사합니다."

"황상께서 상당히 고마워하시오. 함께 가십시다. 기다리고 계시니."

"날 부른 것입니까?"

"그렇소!"

"최소한의 경호는 해야겠습니다."

"좋소!"

병호가 곧 기존 경호대만 데리고 출발하려 하자 고민석이 소리쳤다.

"최소 1개 중대는 더 데리고 가십시오. 각하!"

"너무 걱정 마오. 명색이 세계의 중심 국가라 자부하는 청국인데 소인배 짓은 안 할 테니."

다 들으라는 듯 병호가 큰 소리로 말하자 목창아가 말했다.

"암, 그렇고말고요. 상국으로서의 체면이 있는 것 아니오?"

"상국은 무슨 얼어 죽을……."

고민석의 투덜거림을 오경석이 통역하지 않아 목창아는 듣지 못했다.

아무튼 이렇게 해 통자하(筒子河)를 건너 오문(午門)에 도착하자 목창아가 말했다.

"아무리 가까운 사이지만 곧 태화전(太和殿)이니, 더 이상 경호 병력을 용인하기는 어렵소."

"태화문(太和門)까지만 데리고 가겠습니다."

"궁성 지리도 잘 알고 있군요."

"전각에는 네 명만 데리고 가겠습니다."

"그 정도는 괜찮겠지."

스스로에게 말하듯 중얼거리는 목창아의 동의하에 태화문에서 대부분의 병력을 떨어뜨리고, 태화전까지는 네 명만 데리고 들어간 병호는 곧 목창아의 안내로 태화전 안에 들었다.

그곳에는 이미 여러 대신들과 함께 약관의 황제가 용상에 앉아 들어오는 병호를 기다리고 있었다. 이에 병호가 단지 부복해 아뢰었다.

"조선 부총리 김병호가 황상 폐하를 뵈옵나이다!"

"무례하다. 삼고구궤를 행하라!"

외국 사신과의 접견에서도 이를 행하지 않는다고 아예 접견 자체를 거절한 일이 있는 청 황실이고 보니 당연한 신하의 반응이었으나, 이는 조선이 청국을 상국으로 모실 때의 이야기였다.

"어차피 우리 조정이 조선을 황제국으로 승인할 마당에, 예법을 가지고 시비를 논한다는 것 자체가 부질없는 일이니, 더 이상 아무 말 마오."

"성은이 망극하옵니다. 황상 폐하!"

제 신하들이 부복하는 가운데 가벼운 미소를 지은 애신각라(愛新觉罗) 혁저(奕詝)라는 이름의 함풍제(咸豐帝)가 말했다.

"원명원을 불태우던 양귀들을 단숨에 무릎 꿇렸다고요?"

"그렇사옵니다. 황상!"

"고맙고, 고마운 일이오!"

사은한 20세의 청년 함풍제가 엄숙한 표정으로 말했다.

"선황께서는 귀국의 칭제건원을 못마땅하게 여겨 군사까지 내었으나, 이는 시대 조류를 몰라 행한 일. 짐은 흠차대신이 체결한 양국의 조약을 성실히 이행할 것이오. 따라서 앞으로 양국은 호혜 평등 속에서, 보다 긴밀한 관계를 유지 발전시켜 나갑시다."

"성은이 망극하옵니다. 황상!"

"양귀 포로 문제 말이오."

"그들을 본국이 영구히 억류하고 싶사옵니다. 하여 영국이 전쟁을 걸어온다면 전쟁도 불사할 예정이옵니다. 황상!"

한 술 더 뜨는 병호의 발언에 뜨악한 얼굴이던 혁저의 표정이 종래는 놀라움으로 변했다.

"정말 조선이 영국을 이길 국력이 되는 것이오?"

"양이 두 개 나라가 합심해 조선을 공격해 온다 해도, 우리 조선은 그들 모두를 바다에 수장시킬 무력을 이미 확보하고 있사옵니다. 황상!"

"듣기로 대청문이 귀국의 대포 몇 방에 풍비박산이 난 원명원 양귀들 또한 귀국의 소총 공격에 꼼짝 못하고 제압당했다 들었소. 매우 부러운 일로 귀국의 무기를 아국에 판매하거나, 아예 공장을 지어줘 아국 자체에서 생산을 하면 안 되겠소?"

"아무리 긴밀한 국가와 국가 간의 사이에도 그런 예는 없는 것으로 아옵니다. 단지 우리가 약속할 수 있는 것은 청국이 위험을 당하면 결코 좌시하지 않고 개입하여 청국의 안녕과 위신을 지켜주겠나이다."

"험, 험……! 그 정도만 해도 좋은 일이나 자꾸 욕심이 나는 것을 보니, 참으로 짐도……."

끝내는 허탈한 미소를 짓는 혁저이나 병호는 더 이상 아무런 언급을 하지 않았다.

최신 무기를 혁저가 언급함으로 잠시 전각 내에 정적이 감돌았으나 병호의 발언이 이 정적을 깨뜨렸다.

"며칠 머물다 갈 예정이니 우리의 숙소도 신경을 써주시면 감사하겠습니다. 참, 숙소 문제가 나왔으니 말이지만 회동관(會同館)을 우리가 다시 사용할 수 없는 것인지 여쭙고 싶습니다. 황상!"

무기 문제로 함풍제 혁저가 병호를 난처하게 했다면 회동관 문제는 혁저를 난처하게 했다. 예전에는 조선 사신들이 회동관에 머물렀으나 러시아가 강성해짐에 따라, 회동관은 물론 남관마저 러시아 정교회 수도 단체에게 빼앗긴 역사를 다시 거론하니, 이번에는 혁저가 난처할 수밖에 없었던 것이다.

회동관이나 남관을 다시 조선에 내주려면 현재 러시아인들이 차지하고 있는 그 건물을 비워야 하는 문제가 대두된 것이다. 아무튼 병호의 질문에 혁저는 정말 난처한 표정을 짓더니 잠시 후 답변을 했다.

"당장 그렇게 한다는 것은 여러모로 곤란하니 이번에는 전처럼 남소관에 머물고, 어차피 이제 조선 대사관 건물도 있어야 할 것이니 그 부분은 짐이 최대한 협조하리다. 즉 넓은 터에 크게 대사관을 신축하여 조선 대사가 머무는데 하등 지장이 없도록 하겠소."

"정 곤란하시다면 기존의 남소관을 이용하겠습니다. 하지만 아직 추위가 가시지 않은 관계로 우리 군과 영국 포로들까지 머물 여러 장소가 필요하고, 대사관 문제는 대토만 제공해 주신다면 우리가 대사관은 자체적으로 지을 것이니, 좋은 위치에 넓은 용지나 제공해 줬으면 고맙겠습니다. 황상!"

"원대로 해주겠소."

"성은이 망극하옵니다. 황상!"

이렇게 함풍제와 면담을 마친 병호는 궁을 나와 남소관으로 향했다.

곧 함께 수행한 예부시랑의 협조로 주변 일대의 집이 비워지고, 독포사(督捕司), 융복사(隆福寺), 지화사(智化寺), 북극사(北極寺), 법화사(法華寺) 등에 임시로 조선과 영국군의 거처가 마련되었다.

남소관에 자리를 잡자마자 병호는 곧 전령을 대고에 머물고 있는 해군사령관에게 급파했다. 영국 군선을 모두 나포하라 지시한 것이다. 또 그는 함께 수행한 장쇠를 시켜, 염호 장락행의 비밀 거점인 시장 안의 생선 가게에 다녀오도록 했다. 물론 장락행과 비밀 회동을 하기 위해서였다.

이 모든 조처가 끝나자 병호는 저녁나절 진상의 용두방주 교진청을 남소관으로 초대해, 그간 양자 간의 사업이 순조롭게 번창한데 대해 그의 노고를 치하하는 자리를 마련했다.

그리고 다음 날 중참에는 숙순(肅順)을 공공연히 남소관으로 초대해 오찬을 함께했다. 그는 금년 35세의 청나라의 종실(宗

室)로. 정친왕(鄭親王) 단화(端華)의 동생이었다.

형과 달리 야심만만한 인물로 장차 함풍제(咸豊帝)의 총애를 듬뿍 받아 호부상서(戶部尙書)와 어전대신(御前大臣)까지 오를 인물이었다. 그런 그를 맞아 병호는 이런저런 이야기 끝에 특별 당부를 했다.

즉 10년 후 비상사태 시(함풍제의 서거) 특히 자희태후(慈禧太后: 서태후)와 공친왕(恭親王) 혁흔(奕訢)을 경계할 것이며, 대보(大寶)를 신속히 수중에 넣어야만 목적을 달성할 수 있음을 거듭 당부한 것이다.

삼 일이 지난 밤.

장락행이 조카 장종우를 데리고 남소관을 찾아왔다.

"어서 오시오!"

"다시 뵙게 되어 무척 반갑습니다."

"안녕하십니까? 각하!"

장락행이 포권하며 말하는데 반해 조카 종우는 깍듯이 예를 갖추어 고개를 숙였다.

"자, 자리에 앉읍시다."

"네, 각하!"

두 사람이 맞은편 자리에 나란히 앉자 병호가 부른 용건을 말했다.

"내 장 방주를 부른 것은 다름 아니고 몇 가지 제안을 하기 위해서요. 그 전에 한 가지 물읍시다. 만약 일국을 창업할 기회가 된다면 그럴 의향이 있소?"

"물론이죠."

장락행이 서슴지 않고 대답하자 병호가 또 다시 질문을 던졌다.

"좋소! 무리는 지금 얼마쯤 되오?"

"회하는 물론 장강과 황하 사이의 해안 일대의 염호(鹽虎)는 모두 장악했다고 해도 과언이 아니니 물경 10만이 넘을 것입니다."

"그런데 왜 해마다 수입해 가는 소금량은 줄고 있소?"

"그것은……!"

미안한 표정으로 머리를 긁적이는 장락행을 보고도 병호는 여전히 미소를 띤 채 말했다.

"내가 그 답을 말해볼까요? 이제 당신들도 우리 제염 기술을 훔쳐 점차 그 생산 면적을 확대하고 있는 중이지요?"

"아니라고는 말 못하겠습니다."

"하하하……!"

여전히 미안한 표정으로 머리를 긁적이며 답하는 장락행을 보고 화통한 웃음을 터뜨리던 병호가 웃음의 여운이 남은 표정으로 말했다.

"좋소. 그 대신 가마당 얼마의 특허료를 내시오."

"네?"

"아니면 총을 사가던지?"

"그건 또 무슨 소리인지……?"

수세에 몰린 장락행이 버벅거려도 병호는 여전히 웃음 띤 얼굴로 대화를 이어나갔다.

"지금부터 내 말을 잘 들으시오. 우리가 입수한 첩보에 의하면 음… 올 안에 강남에 '배상제회(拜上帝會)'라는 결사체(結社體)가 출현하여, '태평천국(太平天國)'이라는 이름을 내걸고 군사를 일으킬 것이오. 하면 그들과 손을 잡고 거병하되, 하나 절대적으로 명심해야 할 것이 하나 있소."

"그것이 무엇입니까?"

장락행이 구미가 당기는지 당겨 앉으며 급히 물었다.

"아무리 태평천국 무리가 흥성하여 북경을 위협할 정도의 세력으로 불어나도, 장 방주는 절대적으로 강남을 사수할 것이며, 여차 즉하면 태평천국의 괴수 홍수전(洪秀全)을 살해하고, 강남에 일국을 세우는 것이오."

"그게 정말 가능하겠습니까?"

"그래서 무기를 사라는 말 아니오?"

"흐흠……!"

잠시 고심하던 장락행이 답했다.

“좋소이다. 무기야 어떻게든 돈을 마련해 산다고 쳐도, 강남 정권이 오래 버틸 수 있을지가 걱정입니다.”

“첫째는 민심을 얻어야 되지요. 하면 내가 중간에 개입하여 청국과의 협상을 통해 북경의 승인까지 얻어낼 것이오. 그러면 정말 한 왕조가 강남에 문을 열게 되는 것이죠.”

“그렇게까지 해주신다는 데 일국을 창업하지 못한다면 바보지요.”

“그러니까 빠른 시간 내에 기존의 세를 강남으로 이전하시오.”

“알겠습니다. 사장님!”

“이젠 조선의 부총리 각하십니다.”

“됐다. 이놈아! 우리 사이에 그게 뭐가 중요해.”

“하하하……! 그렇소이다.”

맞장구를 쳐준 병호는 염전 사업을 더 확대하지 않을 것을 내심 잘했다고 생각하고 있었다. 병호가 궁극적으로 현재 염전을 조성한 면적은 애초의 계획대로 7천 정보였다.

이 7천 정보에서 대략 해마다 7백만 가마의 소금이 생산되어 조선이 소비하고도 청국과 애로 일정량을 수출해 오고 있었다. 그런데 근간에 자꾸 청국으로의 수출 물량이 줄고 있는 상태였다.

이 또한 병호가 예견하고서 더 이상 염전을 확대 조성하지 않은 것이다. 염호들도 바보가 아닌 이상, 어떻게 이렇게 싼 소금이 대량생산되는지를 염탐하려 했을 것이다.

그래서 끝내는 조선의 염전을 보고 그 방법을 알아내 청국 해변에 이를 조성하고 있을 것임은, 눈으로 안 보고도 유추할 수 있는 사안이었다. 아무튼 장락행과 염두에 두었던 모든 대화가 끝나자 바로 병호는 비밀리에 이들을 다시 내보냈다.

여기서 한 가지, 병호가 언급한 소총은 절대 조선의 최신 소총이 아니라 서양의 니들건 정도를 생각하고 있는 것이다.

이튿날.

병호는 청국 조정에 철수할 것임을 통보하고 바로 군을 움직였다. 이제 조선으로 출병했던 청국군이 하루 이틀 사이면 북경으로 돌아올 것임에, 그들과 마찰을 피하기 위해서라도 귀국할 것을 결심한 것이다.

아무튼 영국군 포로들까지 함께 천진으로 철수하는 길이었지만 가는 여정은 순탄했다. 전에 북경까지 갈 때는 귀찮은 부나방들이 있어 시간이 지체되었지만, 이번에는 저항하는 자들이 없다 보니 단 사흘 만에 천진에 도착한 것이다.

병호가 천진에 도착해 보니 그의 지시대로 해군사령관 신헌은, 천진 앞바다에 주둔하고 있던 영국 군함에 일대 공격을 퍼부어, 영국 해군 전부에게 항복을 받음은 물론 그들이 소유

하고 있던 함선마저 모두 나포한 상태였다.

즉 해전 중에 완전 소각되어 침몰한 십 척을 제외한 20척과 와중에 살상된 자를 제외한 포로 1,500여명이 추가되어 있었던 것이다. 병호는 곧 영국군 포로를 조선 군함 및 영국 군함에 분산 수용해 조선으로 향했다.

물론 영국 군함은 영국군이 가동했지만 그들은 조선군의 총부리 앞에서 절대 허튼짓을 할 수 없었다. 아무튼 이렇게 해 병호가 이끄는 파병 부대가 귀국해 승전 소식을 내각에 전하고, 이것이 또한 신문에 게재되니 양반 천민 가릴 것 없이, 조선 백성이란 백성은 모두 기뻐 날뛰었다.

이런 가운데 병호는 건교대신 구장복을 제일 먼저 자신의 집무실로 불러들였다.

"부르셨습니까? 각하!"

"거기 앉아요."

"네, 각하!"

구장복을 소파에 앉히고 자신도 그의 맞은편에 앉은 병호가 물었다.

"경복궁과 내각청사의 공사는 어느 정도 진척이 되었소?"

"둘 다 건물 신축은 모두 끝났습니다만, 아직 조경 공사가 끝나지 않아 입주를 못하고 있는 실정입니다."

"하면 언제 공사가 완전히 끝나겠소."

"앞으로 5일이면 충분합니다."

"알겠소. 경인선 공사는 어찌 되어가고 있소."

"작년에 기본 측량이 모두 끝나 올 봄부터는 철도 시공을 시작했습니다."

"측량 기술자는 많이 양성이 된 것이오?"

"네, 각하! 인천과 한양의 측량을 시작하면서 500명을 신규로 뽑아 교육을 시킨 결과, 지금은 예정된 철도 노선 모두 측량에 들어갔습니다."

"연해주의 철도는?"

"예정대로 작년에 끝내고 그 기술자들이 지금 경인철도에 투입되었습니다."

"고생이 많으셨소."

"감사합니다. 각하!"

그를 내보낸 병호는 곧 아직 희정당에 머물러 있는 국왕 이원범을 찾아갔다.

"강녕하셨습니까? 전하!"

"어서 오오. 그래, 금번에 영국군을 물리치고 또 청의 대대적인 침략도 막아냈다면서요?"

"전하의 염려 덕분에 대승을 거둘 수 있었습니다."

"고마운 이야기나 과인이 한 일이 뭐 있나요? 아무튼 조선의 국운이 욱일승천하니 기분이 좋은 것만은 사실이오."

"다름 아니라 5일 후면 경복궁도 완공이 된다 합니다. 따라서 길일을 잡아 이거하시는 게 어떨까 해서 찾아뵈었습니다."

"벌써 경복궁을 중건하였다니 참으로 그 속도가 놀라울 따름이오."

"철근 콘크리트이다 보니 공사가 빠를 수밖에 없습니다."

"무슨 말인지 잘 모르겠지만, 관상감에 연락하여 길일을 잡아 주시오 하면 내 그곳으로 옮기리다."

"그날 황제 선포식과 함께 황제의 즉위식도 함께 거행했으면 좋겠습니다."

"청국이 걸리오만?"

"금번에 그 문제도 청국 조정과 협의를 끝냈습니다. 함풍제가 직접 언급하기를 칭제건원을 허락함은 물론, 현 양국의 국경선을 그대로 인정하고, 대사관도 상호 개설하기로 했습니다."

"하하하… 과인이 황제가 되어 기뻐서 그러는 것이 아니라, 조선의 국운이 그렇게 발전했다니 실로 놀랍고도 놀라울 뿐이오. 이 과정에서 경이 가장 애쓴 것으로 알고 있소. 그간 수고가 많았소."

"성은이 망극하옵니다. 전하!"

이렇게 해 국왕을 찾아뵌 목적을 달성한 병호는 곧 자신의 집무실로 들어와 유대치를 내무부로 보내 길일을 잡으라 통보했다. 그러고 5일이 지난 후였다.

갑자기 한 영국인이 찾아와 면담을 요청했다. 이에 병호가 허락하니 그가 병호의 집무실로 들어섰다.

제4장

영창(永昌) 원년(元年)

병호의 집무실로 찾아든 자는 홍콩이 영국령이 되면서 초대 총독을 지낸바 있고, 얼마 전 재차 홍콩 총독에 부임한 헨리 포팅거(Henry Pottinger)라는 인물이었다.

만약에 조선에 영국 대사가 주재하고 있었다면 그가 득달같이 달려와 항의를 했을 것이다. 그러나 영국은 네덜란드와 달리 아직 조선에 대사를 파견치 않고 있었다.

이는 영국이 조선을 얕잡아보는 것이든지, 아니면 먹을 것이 없다 판단하고 지금까지는 별로 신경 쓰지 않았다는 방증이기도 했다. 아무튼 서로 수인사가 끝나자 포팅거가 대뜸 언성을 높였다.

“영국군 포로와 군함을 모두 돌려주시오. 아니면…….”

이 대목에서 병호가 빙긋 웃으며 말을 끊고 되물었다.

“아니면?”

“양국 간에 불행한 일이지만 전쟁뿐이오.”

“초장부터 너무 강경하게 나오는 것 아니오?”

“강경? 말이 나왔으니 말이지만. 우리는 이미 홍콩에 거주하는 청국 백성 7만과 조선 백성 300명에 대해 추방령을 내린 바 있소.”

“청국은 또 왜 걸고넘어지는 것이오?”

“본건이 양국의 합작품이라 생각했기 때문이오.”

“하하하! 무언가 잘못 알고 계시나 본데, 나도 처음에는 영국군의 북경 공격을 환영했었소. 헌데 막상 북경에 진주한 영국군은 너무 야만적이었소. 살인, 강간, 약탈, 방화도 모자라, 청국의 문화재까지 노략질하는 범법자 무리들을, 어찌 같은 동양인으로서 두 눈 뜨고 방관만 할 수 있겠소?”

“무슨 말도 안 되는…….”

“내 영사 대리와 맞대면을 시켜주리까?”

“좋소.”

“그 문제는 조금 있다 거론하고 양국이 전쟁을 하지 않아도 될 해결 방법이 있소.”

"말씀해 보시오."

"포로당 니들건 10정씩을 조선에 헌상하고 인도해 가시오."

"니들건 10정?"

"영국이 못 만든다면 프로이센에서 사와 우리에게 주어도 되오."

"못 만들기는 왜 못 만드오."

"제작을 하든지 사오든지 그건 알아서 하고, 인당 10정, 군함은 별개로 1,000정씩을 내고 찾아가시오."

"끙……!

표정 관리를 해야 할 그이나 무색하게 괴로운 표정을 지으며 고민하던 포팅거가 말했다.

"일단 파크스를 만나 사실 여부를 확인하고 내 답을 들려드리겠소."

"좋소. 잠시 기다리시오."

이렇게 말한 병호는 곧 오경석을 집무실로 불러들여 파크스를 데려오도록 했다.

그로부터 약 2각의 시간이 지나자, 해리스가 무장한 군인들에 의해 끌려왔다. 이에 병호는 둘만이 대화를 나눌 수 있도록 빈방 하나를 제공했다. 그리고 2각 후. 양인 간의 대화가 다시 이어졌다.

"조선의 화력이 굉장히 강하다는 말을 파크스로부터 들었소. 파크스의 말에 따르면 영국군도 소지하지 못한 강력한 개인 화기들로 무장하고 있다면서, 니들건 따위가 왜 필요한지 나는 알 수가 없소. 그런 능력이라면 니들건 정도는 능히 자체 제작할 수 있는 것 아니오?"

"영국에게만 청국이 훌륭한 시장이 아니란 말이죠. 인구가 적은 우리 조선에게도 청국은 훌륭한 시장이오. 헌데 청국이 너무 강력하다 보니 다루는 것에 한계가 있소. 해서 나는 청국을 둘로 나누어 보다 다루기 수월하도록 만들려는 계획을 가지고 있소."

"허……! 실로 생각지도 못한 발상이오. 그래서요?"

"조선의 최신 소총은 청국도 너무 잘 알고 있소. 해서 우리가 그런 소총을 염비(捻匪)들에게 공급하면 바로 조선의 것임을 알아보고, 양국 간에 전쟁밖에 더 일어나겠소? 이는 내가 원치 않는 바이니 서방의 총기가 필요한 것이오."

"위장을 하시겠다?"

"어차피 영국도 청나라의 방대한 시장이 필요하던 참 아니었소?"

"그런 면으로 보면 양국의 이해관계가 일치하니, 포로 건을 잘 해결하는 것으로 합시다."

"더 이상 어찌 잘 해결한다는 말이오? 이미 내 최선책을 제시했건만."

"하면 포로당 교환할 총기의 양을 깎읍시다. 군함도 마찬가지고요."

"내 생각을 솔직히 말하리다. 나는 영국이 우리 조선이 가진 무력의 실체를 깨닫고 나면, 혼자는 버거우니 프랑스나 러시아 등 주변국을 끌어들여 조선에 대항해 올 것이라 생각했소. 그래도 나는 당신들을 물리칠 자신이 있었기에 당신네 나라 군을 공격했고, 함정도 마찬가지로 공격을 했소. 내 말의 요지는 그렇게 전쟁을 해도 우리 조선이 물리칠 수 있다는 자신감이 있다는 것을 당신이 알아줬으면 좋겠고, 당신들도 전부는 아니더라도 일부가 내 말에 동의한다면, 주변국과 힘을 모아 우리와 전쟁을 벌일 것이 아니라, 한 나라가 먹기에는 벅찬 청나라 시장을 위해 함께 담합해 보자는 이야기요."

여기서 말을 끊고 열심히 경청하고 있는 포팅거의 표정을 잠시 살핀 병호의 말이 이어졌다.

"즉 당신들이 포로를 찾아가기 위해 5정의 값을 지불한다면 주변국에 2~3의 총기 부담을 안겨, 합동작전을 전개하라는 말이오. 이것이 호재인 이유가 또 하나 있으니, 금년 말이면 양이는 물론 이제는 속국이라 생각했던 조선에게까지 수모를 당하고 있는 이민족 정부를, 청나라 한족 백성들은 더 이상 믿지 못하는 데다, 당신들에게 지불한 전쟁배상금으로 등골이 휜 백성들이 올 연말이면 들고 일어날 것이오. 따라서 염비도 함께 날뛸 철을 맞는단 말이외다. 하니 잘 생각해 보시오."

"민중 봉기가 일어날 것이라는 것은 확실히 내가 봐도 합리적인 추론이오. 우리가 파악한 바로도, 청나라 백성들 사이에 불온한 움직임이 일고 있는 것은 사실이니까."

"그래서 결론이 뭐요?"

"내 개인적인 견해입니다만, 확실히 본국과 충분히 상의해 볼 만한 가치가 있는 제안이오."

'그렇다면 뭘 더 이상 꾸물거리고 있소. 얼른 가서 본국과 협의치 않고.' 라고 병호는 말하고 싶었으나, 너무 과도한 언사 같아 이를 자제하고, 회담을 마무리할 생각으로 말했다.

"그렇게 생각했다니 잘 해보시고, 오늘 회담은 여기서 파하는 것으로 합시다."

"우리가 포로를 찾아가는 동안만이라도 포로의 대우를 잘 해주시오."

"우리 조선은 예로부터 예의에 밝은 민족이니, 그 문제에 대해서는 걱정하지 않으셔도 될 것이오."

"감사합니다."

들어올 때와는 달리 한결 표정이 밝아지고 유순해진 포팅거가 정중히 목례를 건네고 병호의 집무실을 벗어났다.

*　　*　　*

1850년 5월 5일.

음력으로 5월 5일은 단오로, 설, 한식, 추석과 함께 조선의 4대 명절에 속한다. 그만큼 이날은 온 백성들이 이날을 즐겼고, 젊은 남녀들이 일 년 중 유일하게 공공연하게 만남을 가질 수 있는 날이기도 했다.

그런 이날 조선의 온 백성을 더욱 기쁘게 한 일이 있으니 조선의 황제국(皇帝國) 선포와 함께, 변(昪)으로 개명한 원범(元範)이 중건된 경복궁으로 이거하는 날이기도 했다. 더불어 내각 또한 웅장하게 지어진 신청사에 입주하는 날이기도 했다.

이날 시시 정(巳時 正: 오전 10시).

총리 이하 전 내각의 대신은 물론 대왕대비 이하 종친들까지 모두 모인 가운데 경복궁 1층 전각에서는 화려한 황제 취임식이 거행되었다.

이 황제 취임식의 백미는 뭐니 뭐니 해도 조선, 아니 '새 술은 새 부대에' 라는 기치 아래 대한제국(大韓帝國)이 황제국임을 세계만방에 선포하고, 대신들의 하례를 받는 일이었다.

공보처장 최한기가 바야흐로 취임식의 절정을 여는 말을 했다.

"다음으로 황제 폐하께서 우리 대한제국이 황제국임을 만방에 선포하고 독자 연호를 발표하시겠습니다."

이 말이 끝나자 오색 면류관에 아홉 마리 용이 수놓인 황색 곤룡포를 입은 이변이 용상에서 일어나, 궁내부 대신이 건네는 두루마리를 받아 읽어 내려가기 시작했다.

"금일 이 시간부로 조선을 대한제국(大韓帝國)으로 국명을 바꾸고, 황제의 나라가 되었음을 만방에 선포하는 바이다. 연호는 영원히 창성(昌盛)하기를 바라는 의미에서 '영창(永昌)'으로 하겠다."

"경하드리옵니다! 폐하!"

"감축드리오! 황상!"

제 각료들이 일제히 허리를 깊숙이 숙이는 가운데 황실을 대표한 대왕대비 김 씨, 아니, 태황태후(太皇太后)의 하례의 말이 끝나자 최한기가 나섰다.

"금일부로 대한제국을 대표하는 국기로 태극기(太極旗)가 채택되었고, 애국가(愛國歌) 또한 제정되어 공공의 의식이 행해질 때는 반드시 이를 제창해야 합니다."

최한기의 말대로 지금 대한민국이 사용하는 국기와 똑같은 태극기가 국기로 채택되었고, 애국가 역시 안익태 작곡인 지금의 곡이 그대로 채용되었다. 이로써 조선이 대한제국이라는 국호로 국명을 달리함과 동시에, 근대국가로서의 면모를 갖추었다 할 수 있을 것이다.

아무튼 최한기의 말이 끝나자 궁내부 대신 이약우가 발언을 했다.

"금일 술시 초(戌時 初: 오후 7시)에 경회루(慶會樓)에서 황상폐하 이하 여기 참석한 모든 분들을 모시고, 대한제국의 개창(開創)을 축하하는 경축연을 개최할 예정이오니, 한 분도 빠짐없이 참석해 주시기 바랍니다."

경회루 역시 임진왜란 때 불타 없어진 것을 금번에 경복궁을 중건하면서 옛 모습 그대로 복원을 했다. 아무튼 이약우의 발언이 끝나자 다시 최한기가 나서서 진행을 이어갔다.

"만세삼창을 끝으로 제반 황제 취임식을 마치도록 하겠습니다! 황상폐하께서 먼저 선창을 하시면 모두 따라해 주시기 바랍니다."

"대한제국 만세!"

"대한제국 만세!"

"만세!"

"만세!"

"대한제국 만만세!"

"대한제국 만만세!"

이 모습을 지켜보면서 유난히 감회가 새로운 사람이 있으니 태황태후 김 씨였다. 어느덧 그녀의 두 눈은 붉게 충혈이 되어 있었고 볼에는 눈물 자국이 가득했다. 하지만 전혀 이를 닊을 생각도 하지 않고 황제와 제 대신들을 눈물 가득한 눈으로 지켜보고 있었다.

오후 7시.

일찍이 총리 이하 내각의 전 대신들이 나와 자리를 잡고, 장악원의 악공들 또한 자리를 잡고 앉아 있는 가운데, 태황태후를 모신 황제 이변이 경회루에 들어서자 전악(典樂)이 휘(麾)를 들었다.

그러자 악사(樂師) 2명과 악공(樂工) 50명으로 구성된 악대가 일제히 음악을 연주하기 시작했다. 전정고취(殿庭鼓吹)라는 곡으로 행진곡풍의 곡이라 경쾌하고 신이 났다.

곧 황제가 자리를 잡자 전악이 휘를 내려 음악을 멈추게 했다.

"자, 각자의 잔에 술을 쳐, 우리 조선이 아닌 대한제국이 황제국이 되었음을 경축하도록 합시다."

"성은이 망극하옵니다. 폐하!"

사은한 제 각료들이 각기 놓인 주안상에서 술병을 들고 자신의 잔에 술을 따랐다. 그동안 황제 이변과 태황태후 김 씨의 잔에도 수행 궁녀들이 술을 쳤다.

"자, 모두 잔을 채웠으면 일제히 잔을 들어 대한제국의 개창을 경축합시다!"

"성은이 망극하옵니다. 폐하!"

제 각료들이 사은하고 일제히 잔을 들자, 황제가 태황태후에게 먼저 드시라 눈짓을 하니, 태황태후 김 씨가 몇 번 겸양하다 못 이기는 체 잔을 입에 대었다.

그러자 황제 또한 잔을 입으로 가져가 마시기 시작했다. 이에 제 대신들도 일제히 술을 마시기 시작했다. 가볍게 한 잔을 비운 황제가 말했다.

"악공들은 무엇 하는고? 오늘 같이 기쁜 날 한 곡 연주하지 않고. 무녀와 무동 또한 함께 나와 춤을 추며 오늘의 기쁨을 경축하라!"

"네이, 폐하!"

전악이 허리 굽혀 답하고 휘를 들어 올리니 또 다시 가락이 연주되며 무녀와 무동들도 나와 너풀너풀 춤을 추었다. 이 모습을 기쁜 빛으로 바라보던 총리 김좌근이 자리에서 일어나 황제에게 말했다.

"소신이 황상폐하께 경하의 잔을 올리고 싶사옵니다."

"좋지요. 어디 총리대신의 잔 한번 받아볼까요?"

황제 이변이 기꺼이 허락하자 이번에는 병호가 자리에서 일어나 말했다.

"소신은 태황태후마마께 축수(祝壽)의 잔을 올리고 싶사옵니다."

"호호호! 그래요? 어디 부총리의 잔을 받아볼까요?"

"감사합니다. 태황태후마마!"

곧 자리에서 일어난 병호는 김 씨 자리 앞까지 나아가, 궁녀가 건네는 술병을 들어 천천히 그녀의 잔에 따르며 말했다.

"만수무강하십시오! 태황태후마마!"

"고맙소! 오래 살다 보니 조선이 황제국이 되고 독자적인 연호를 쓰는 날을 다 보게 되는구료. 이게 다 누구의 공인지 내 잘 알고 있소. 앞으로도 우리 조선의 발전을 위해 많이 노력해 주오."

"성은이 망극하옵니다. 태황태후마마!"

태황태후 김 씨는 대한제국이라는 국명이 마음에 안 드는지 시종 조선이란 옛 이름을 고집했다.

곧 두 번에 걸쳐 잔을 비운 태황태후가 옆의 수행궁녀에게 일렀다.

"최 상궁이 부총리의 잔에도 술을 쳐주어라! 그 술이 내 술임을 잘 알 터, 더욱 조선의 발전을 위해 헌신해 주오!"

"성은이 하해와 같사옵니다. 태황태후마마!"

이렇게 주연과 홍이 무르익어 가는 가운데 해가 떨어지자, 대한제국의 개창을 경축하는 불꽃놀이가 밤하늘을 수놓기 시작했다.

화려하고 아름답게.

5월 5일 밤.

경축연을 끝내고 병호가 늦게 귀가를 했는데도 그를 기다리고 있는 사람이 있었다. 서양인이 갓을 써 우스운 모습을 연출하고 있는 조선교구장 앵베르 신부였다. 이제는 통역에서 놓아준 최양업과 함께였다.

그 둘은 하인들이 방에 들어가 기다리라 해도 주인도 없는데 그럴 수는 없다며 밖을 서성이다 들어오는 병호를 만난 것이다. 아무튼 병호를 맞은 앵베르 주교가 말했다.

“내가 날을 잘못 선택한 모양이오.”

“밝은 날 내 집무실로 찾아오지 그러셨소?”

“남의 눈을 피해야 하는 내 신분을 잊은 것이오?”

“아, 그렇지요. 이거 술을 많이 마셨더니 머리가 잘 안 돌아가는 모양입니다. 하하하……!”

“그래, 조선도 황제국이 되고 했으니 종교에 대해서도 좀 더 아량을 가져야 하는 것 아니오?”

“그것 때문에 오셨군요.”

“그렇소.”

“알단 들어가 이야기 나눕시다.”

“고맙소!”

이제 통역이 없어도 조선말이 많이 늘어나 어휘를 구사하는데 거의 지장이 없을 정도의 앵베르 교구장과 최양업을 데리고 병호는 자신의 거처로 들어갔다.

주인과 객이 자리를 잡고 앉자 병호가 양력으로 최소 6월 중순은 되어, 밤이 되어도 조금은 더운 날씨에, 술마저 마셔 더 더운지 부채질을 하며 말했다.

"대한제국의 천주교에 대한 정책은 여일하오. 탄압하지도 않지만 공인하지도 않습니다. 이제 불교도 그럴 것입니다. 나로서는 모든 종교를 인정하고 싶지만 아직은 관료들이나 백성들이 그만큼 깨이질 않아 어쩔 수 없습니다."

"흐흠……! 그만해도 다행이라는 생각이 들면서도 한편으로는 서운한 것도 사실이오."

"물론 신부님의 마음 잘 압니다. 나와 조선을 위해 그 많은 기여를 했는데, 공인을 못 받는다니 서운하시겠지만, 좀 더 두고 봅시다. 머지않아 좋은 날이 오겠지요."

"믿소이다. 부총리 각하를, 신심으로."

"오늘 내가 술이 과하지 않다면 신부님과 한잔하는 건데……"

앵베르 주교가 손을 저으며 말했다.

"나는 체질적으로 술을 못하는 사람이니 술 이야기는 됐소. 자, 들을 이야기는 다 들은 것 같으니 그만 일어납시다."

최양업이 앵베르 주교의 말에 덩달아 일어나자 병호가 함께 따라 일어서며 말했다.

"기대만큼 좋은 답을 못 드려 죄송합니다."

"탄압만 하지 않아도 감사하게 생각해야죠. 또 부총리 각하께서 언약한 것도 있으니 머지않아 좋은 날이 오겠지요."

"네, 그런 날이 꼭 올 겁니다."

앵베르 주교에게 믿음을 주기 위해 큰 소리로 답한 병호는 곧 둘을 배웅하고 돌아섰다.

* * *

5월 6일.

3층으로 웅장하게 지어진 내각 신청사에 전 내각이 입주를 했다. 병호 또한 이곳에 입주를 해 3층에 국방부 및 자신의 업무 공간도 마련했다.

하지만 병호는 그곳에 들를 새도 없이 사전에 잡힌 일정대로 이날 아침 한양을 떠났다. 그가 지금 향하려는 곳은 현 인도네시아 자바 섬에 위치한 자카르타로 이 당시 지명으로는 바타비아였다.

아무튼 네덜란드 동인도 회사가 위치한 이곳으로 병호가 항해를 계획한 것은 식재한 지 근 8년이 지난 고무나무는 잘 자라고 있는지 살펴, 수익성이 있다면 이제 고무 제품을 세상에 출현시키고 싶었고, 또 다른 이유는 해외 영토에 대한 욕심 때문이었다.

이제 대한제국의 고무 공급원으로서 더 나아가 아체와 팔렘방 등에 묻혀 있는 석유 자원과 여타 수많은 광물 자원이 탐이 나, 애초 메단에 고무나무를 식재할 때부터 마음먹은 수마트라섬에 눈독을 들이고 있는 것이다.

그래서 병호는 홍콩 총독과의 면담이 끝나자마자 실시한 해병대 창설을 위한 신규 모집을 단행했고, 그간 1만 명의 해병대원을 훈련시킬 수 있었다. 그들은 기존 육군에서도 신체 건장하고 무예가 뛰어난 자들로 선발해, 해군으로서의 교육을 한 달 동안 충실히 이수시켰던 것이다.

아무튼 이날 오후 병호는 곧 인천항에 도착해 해군사령관 신헌 및 해병 사령관에 기용된 전 1군단장 고민석의 영접을 받았다.

"충성!"

"충성!"

"출정 준비는 끝났소?"

"네, 각하!"

"그럼, 출항합시다."

"네, 각하!"

곧 해군 5천 명에 해병대 1만 명을 실은 기선군함 10척과 2천톤급 최신 프리깃범장선 포함 30척의 전함이, 일제히 태극기와 부대기를 나부끼며 먼 바다를 향해 출항했다.

이렇게 보름여를 항해한 병호가 이끄는 대전단은 마침내 목적하던 바타비아 항구에 기항할 수 있었다. 기항 전부터 네덜란드 전함의 호위를 받았던 병호는 항구까지 영접을 나온 전 나가사키 상관장 핸드릭 두프와 해후를 하고 반갑게 그의 손을 맞잡을 수 있었다.

"아니, 상관장이 여긴 어쩐 일이십니까?"

"이곳 총독으로 계시던 요하네스 반덴 보스 각하께서 6년 전에 숨을 거두시는 바람에, 내가 대신 이곳을 관리하고 있소이다."

반덴 보스의 죽음 이야기가 나와 새삼 핸드릭 두프의 얼굴을 자세히 바라보니 그 역시 백발이 성성하고 피부는 쭈글쭈글했다. 이에 세월의 덧없음을 한탄한 병호가 말했다.

"어차피 한번 왔으면 가는 게 인생이지만 보스 총독을 다시 볼 수 없다는 것은 애석하기 짝이 없는 일입니다. 총독 각하도 더욱 건강에 유념하셔야겠습니다."

"고맙소!"

유창한 오경석의 네덜란드 통역에 전부터 안면이 있는(2년을 그와 함께 생활함) 그의 등을 한 번 쳐주고는 핸드릭 두프가 앞장을 서며 말했다.

"자, 여기서 이럴게 아니라 관저로 갑시다."

"그럽시다."

가며 핸드릭 두프가 물었다.

"듣기에 조선 해군이 영국군을 박살 냈다고요?"

"이곳까지 전해졌습니까?"

"서양에서도 이제 그 사실을 모르는 사람이 없을 거요."

"허허, 거참……! 좋기도 하고 나쁘기도 하네."

병호는 자신의 속내를 거침없이 뱉었다. 오경석 또한 알아서 이는 통역하지 않았다. 그러자 두프가 병호의 중얼거림이 궁금했는지 그에 대해 묻는 바람에 둘 간의 대화가 잠시 이어졌다.

병호의 중얼거림대로 조선이 강해졌으니 이제 서양의 모든 나라가 대한제국을 경계할 것이니 이는 좋지 않은 일이고, 함부로 조선에 덤비지 못하는 것은 좋은 일이라 생각한 병호가 묵묵히 생각에 잠겨 걷는데, 핸드릭 두프가 다시 말을 걸어왔다.

"이번 방문에 특별한 목적이 있을 것 같은데요?"

"수마트라 메단에 심은 고무나무가 어찌 되었는지 궁금하기도 하고, 네덜란드와 보다 발전적인 교역을 행하기 위해서입니다."

"고무나무 얘기가 나와서 하는 말이지만 지금까지는 우리 군대가 그 인원을 관리해 왔지만 이젠 조선이 넘겨받았으면 좋겠소."

"특별한 이유라도 있습니까?"

"아, 말도 마시오."

손부터 내저은 핸드릭 두프가 이어서 말을 했다.

"아체족 놈들이 얼마나 속을 썩이는지 이제는 지긋지긋하오."

그의 말에도 병호가 영문을 몰라 계속 그를 주시하고 있으니 두프가 설명을 덧붙였다.

"고무나무 식재 면적이 늘어가자 현지 고용인도 많이 채용하게 되었는데, 그중에는 아체족도 상당수 끼어 있었던 모양이오. 이놈들이 글쎄… 고목나무 씨앗을 철저히 관리하자 이것이 귀한 것임을 눈치채고, 이것을 동족에게 넘겨주려다 적발된 적이 있소. 이에 우리는 처음부터 강경하게 대응해야 다시는 그런 일이 되풀이되지 않을 것으로 생각하고 처형을 했더니, 고용된 아체족 전부가 씨앗을 훔쳐 달아나는 것도 모자라, 하룻밤에는 우리 군을 습격까지 해왔소. 자그마치 수천 명이. 그때 그놈들 역시 대량 살상을 자행했더니, 그 후로는 연중 편한 날이 없을 정도로 잊어 먹을 만하면 우리 군을 기습하니, 어찌 진절머리가 나지 않겠소. 휴우……!"

끝내는 한숨마저 내쉬는 두프를 보고 병호는 아체족에 대해 새삼 생각이 미쳤다. 사실 메단과 7~8세기부터 이슬람교

포교 및 삼각무역 중심지로 각광받아 '동남아의 메카'로 불리는 그들의 중심지 아체 항과는 상당한 거리가 있었다.

그러나 대부분이 이슬람교도인 그들 민족은 메단 부근까지 넓게 분포해 살고 있었고, 외부의 침략자에 맞서 끈질기게 저항하는 정신을 가진 종족이었다.

1640년 이후 영국, 1873년 네덜란드가 이 지역을 침략하자, 영국은 물론 네덜란드에 맞서 35년간의 전쟁 끝에 결국 항복했으나, 아체 주민들은 줄곧 네덜란드의 식민 지배를 거부하였다. 1942년 일본군에 의해 네덜란드가 축출될 때까지 무장 독립 투쟁을 벌였던 것이다.

이어 일본군에 의해 유린됐으나 1945년 8월 17일 인도네시아의 독립이후 수카르노 대통령은 인도네시아 독립에 끼친 아체의 공적을 인정해 아체의 완전 자치를 약속했다. 그러나 인도네시아 정부에 의해 1951년 강제 귀속되었다.

이후 중앙 정부를 상대로 줄곧 독립운동을 벌여, 지금까지도 독립을 요구하며 투쟁을 벌이는 끈질긴 종족이었다. 이 모든 것을 생각하자 병호로서도 골이 지끈지끈 아파 어찌 대처할까 고민하는데, 두프는 이제 한가한 이야기만 하고 있었다.

"긴 항해에 지쳐 있을 것 같아 배를 안 타고 걸으려니, 이 놈의 후덥지근한 날씨에 금방 지치는구료."

두프의 이야기에 병호가 눈을 들어 주변을 세세히 관찰하니, 자신들이 출발한 암스테르담을 본떠 항구로부터 내륙으로 들어가는 운하를 만들고, 많은 창고를 짓고 건물을 건축해 놓았다. 마치 암스테르담의 건축물을 고스란히 옮겨온 듯했다.

또 중국인과 아랍인들도 많이 눈에 띄어 물어보니 칼리 마스 강을 중심으로 서쪽에는 유럽인, 동쪽에는 중국인과 아랍인이 산다는 말을 했다. 네덜란드인이 만든 젬바탄 메라라는 다리를 기점으로.

그러는 와중에도 아체족에 대해 병호는 계속 생각했으나 뚜렷한 결론을 내지 못하고, 현지의 사정을 직접 눈으로 보고 판단하기로 하고 일단 결정을 유보했다.

아무튼 병호는 이날 이들의 관저에 머물며 융숭한 대접을 받았으나 마음은 콩밭에 가 있었다. 메단의 고무나무 농장을 한시라도 빨리 보고 싶은 마음뿐이었다.

그래서 병호는 다음 날 바로 하급 관리의 안내를 받아 전군을 이끌고 수마트라섬으로 향했다. 일개 섬이라 해서 수마트라가 제주도만 하다고 생각하면 곤란하다.

섬 전체의 면적이 자그마치 47만 3,481 제곱킬로미터요, 남북 길이 1,700㎞. 최대 너비 450㎞로. 한반도의 남북 길이 1,000㎞, 동서 폭 약300㎞, 22만 제곱킬로미터의 배가 넘는 면적이다.

그러니까 금번 병호가 청국으로부터 대한제국의 국토로 인정받은 연해주와 간도 및 여타 면적을 합친 만큼의 면적과 비슷한 크기였다. 아무튼 말라카 해협을 통과해 벨라완이라는 곳에 도착하니, 한촌에 지나지 않아 병호 일행을 어리둥절하게 했다.

이에 따라온 하급 관리에게 이곳이 메단이냐 물으니 23~4㎞는 내륙으로 더 들어가야 조성한 도시가 나온다 했다. 이에 병호는 고민석 해병 사령관에게 지시해 우선 해병대원 2천명만 하선시켜 그곳으로 함께 가보기로 했다.

강행군 끝에 다음 날 점심 무렵 일행이 메단에 도착하니 작은 읍성 정도의 계획도시가 이들의 눈에 들어왔다. 그런데 일행의 눈길을 끄는 것은 성 주변이 온통 담배 밭이라는 점이었다.

이에 병호가 따라온 관리에게 어떻게 된 연유인지를 묻자 그가 답했다.

"원래는 이곳 또한 한촌이었습니다. 그런데 주둔지를 세우면서 잎담배를 심었더니, 주변 토양이 의외로 비옥해 아주 잘 되었습니다."

"왜 하필 담배요?"

"군도 피우고 삼각무역항인 아체에 팔아 주둔 경비를 자체 조달하려는 계획의 일환이었지요."

쌀이나 고무나무를 심었으면 더 좋지 않았을까 생각하며 병호는 더 이상 묻지 않았다.

"고무 농장은 어디 있는 거요?"

"이 도시에서 조금 벗어난 그 위의 산에는 전부 고무나무를 심었습니다."

병호가 알겠다는 듯 고개를 끄덕이는데 갑자기 전방에 대규모 군이 출동해 왔다.

그러자 수행한 하급 관리가 급히 달려가 무어라 설명을 하니 출동한 오백여 명쯤 되는 네덜란드 군대가 진격을 멈추었다. 그리고 하급 관리가 대령 계급장을 단 나이 지긋한 군인을 데리고 병호가 있는 곳으로 왔다.

"고생이 많습니다."

병호가 먼저 손을 내밀며 악수를 청하자 통역하는 오경석이 대한제국의 부총리 각하라는 말을 덧붙여 통역했다.

"나는 제임스 쿡 대령으로, 이곳의 경비를 맡고 있소."

"반갑습니다!"

다시 한번 악수를 나누는데 제임스 쿡 대령이 새삼 놀란 얼굴로 병호를 자세히 바라보았다. 일국의 부총리에 오른 인물치고는 너무나 젊기 때문인 것 같았다.

아무튼 그와 통성명을 한 병호가 염치 불고하고 배가 고프다는 말을 했더니 그가 껄껄 웃으며 식사부터 준비하도록 하겠노라 하며 병호를 부대로 이끌었다. 이렇게 그들로부터 점심과 저녁을 대접받고 연병장에서 천막을 쳐 이천여 해병대원들과 함께 잠을 자게 되었다.

제임스 쿡 대령이 병호를 위해 잘 꾸며진 숙소 하나를 내주었지만 병호는 이를 굳이 마다하고 병사들과 함께 일찍부터 자리에 누웠다.

그런 이날 밤이었다. 갑자기 콩 볶는 소리가 나 밖으로 나가보니 네덜란드군이 어둠 속의 존재들과 교전을 벌이고 있는 것이 아닌가. 깜짝 놀란 병호가 비상을 걸 새도 없이 즉각 달려온 해병 사령관 고민석이 부동자세로 말했다.

"전투준비 완료했습니다."

"아니 잠을 안 자고 있었던 것이오?"

"완전무장을 한 채 총도 머리맡에 놓고 잤으니 바로 전투준비를 마칠 수 있었습니다."

"허허, 좋았어!"

고민석의 등을 두드려 격려한 병호가 전황을 파악하려는데 제임스 쿡 연대장이 빠른 걸음으로 병호에게 접근해 왔다.

"아체족입니까?"

"그렇소이다. 오늘은 더 많이 몰려왔군요."

"얼마쯤 됩니까?"

"3천 명은 족히 되는 것 같습니다."

"감당이 되겠습니까?"

"비록 활과 창 등으로 무장은 형편없으나 숫자가 워낙 많다 보니 한동안 전투를 치러야 되겠습니다."

"우리가 안 도와줘도 되는 거요?"

"네덜란드군이 그 정도로 약하지는 않습니다."

자신만만한 그의 대답을 들으며 병호가 다소 안도하는데 갑자기 귀에 익은 욕설이 들려왔다.

"이런 개새끼들이……!"

"아, 이런, 이런, 연병장 중앙으로 옮기는 게 낫겠습니다."

아군이 하필 천막을 친 곳이 울타리와 멀지 않은 관계로, 간혹 아군에게도 화살이 날아오는 것을 본 연대장의 말이었다.

그러나 병호는 움직이지 않은 채 고민석 사령관에게 물었다.

"잠을 자야 하지 않겠소?"

"알겠습니다. 각하!"

이런 와중에도 아군의 욕설이 종종 들리는가 싶더니 다친 자도 발생했는지 의무병을 찾는 다급한 목소리도 들려왔다.

"전원 전투준비!"

"전투준비!"

예하 부대장들의 복창 소리가 들려오고 곧 고민석의 공격 명령이 떨어졌다.

"낮은 자세로 공격 앞으로!"

"공격 앞으로!"

곧 낮은 자세로 신속히 기동한 대한제국군이 울타리에 달라붙는 것 같더니, 마침내 요란한 총성이 밤하늘의 공기를 찢어발겼다.

탕탕탕!

타다다다 탕탕탕……!

처처에서 목책 담장 넘어 아체족의 비명이 총성 속에 들려오고 머지않아 적은 일패도지했다. 아군의 강력한 화력을 감당하지 못해 그들이 도망갔고. 네덜란드 군은 대한제국군을 부러워했다.

아니, 사태는 거기서 그치지 않았다. 병호는 당장 연대장으로부터 시달림을 당해야 했다. 대한제국군의 개인화기를 네덜란드 군에게 팔라는 시달림을.

다음 날.

일찍 아침을 먹은 조선군은 갑자기 더욱 친절해진 연대장의 안내로 담배 농원을 지나 조금씩 오르막으로 변해가는 산을 향해 행군을 하게 되었다.

그렇게 10분을 더 전진하자 일정한 간격을 두고 잘 조림된 아름드리 고무나무들이 나타나 병호를 기쁘게 했다. 그렇게 잘 조림된 고무나무 숲을 지나 2㎞의 산을 더 올라도, 아무도 만날 수 없어 의아한 생각이 든 병호가 연대장에게 물었다.

"어찌 사람 하나 볼 수 없소?"

"이곳은 이미 조림이 끝나 거의 사람의 손이 필요치 않습니다. 그리고 농장의 인부와 관리, 이들을 지키는 병사들의 숙소는 한참 더 올라가야 됩니다."

"특별한 이유라도 있소?"

"적도가 이 섬을 통과합니다. 고로 고온다습한 날씨 때문에 산중 호수인 토바호(湖) 부근이 사람 살기에는 아주 적당합니다."

"그런 이유가 있었군요."

그렇게 대화를 하며 걷다 보니 어느 순간 갑자기 비교적 평탄한 지형이 나타났다. 그리고 그곳에는 통나무 목책 사이로, 언뜻언뜻 보이는 남방 특유의 일층은 텅 비고 이층에 사람이 살게 되어 있는, 크고 작은 가옥 수백 채가 나타났다.

"저곳이 우리 조선 관리자들과 인부들의 숙소인 모양이오."

"그렇습니다. 대체로 외곽에 크게 지어진 것이 군인 거주지입니다."

"그렇군요. 지금은 비어 있는 것 같은데요?"

"경비병 외에는 모두 조림을 하거나 조림된 나무를 관리하러 나갔겠지요."

"흐흠……!"

연대장의 말을 들으니 병호는 아체족 문제로 다시 골치가 아파오기 시작했다.

어제는 얼결에 전투를 치렀지만 근본적인 해결 방안을 모색할 때라 판단한 병호가 연대장에게 물었다.

"회유책은 써보셨습니까?"

"허, 그 같잖은 놈들이 글쎄, 전원 아체족만을 고용해 주고 임금도 배로 올려달라니 애초부터 협상에 응할 생각이 없는 놈들 아니겠습니까? 이곳의 노임이 자바섬보다 조금 높은데도 그런 요구를 하니, 동업하는 입장에서 절대 들어줄 수 없는 내용이었죠."

"거참, 이래저래 골치 아픈 놈들이군. 혹시 깡그리 토벌할 생각은 안 해보셨습니까?"

"이 종족이 원체 드넓게 분포되어 있는 데다, 이들이 가장 많이 모여 사는 아체 항은 영국이 지배하고 있어 그것도 힘든 노릇이었습니다."

"아체 항은 벌써 영국이 수중에 넣었군요."

"100년이 넘었습니다."

"네덜란드는 이 섬에 대해 생각이 없습니까?"

"이런 놈들만 우글거린다면 거저 줘도 싫습니다."

그간 얼마나 시달렸는지 고개를 절레절레 젓는 제임스 쿡 대령을 보고 병호 또한 고민이 점점 깊어졌다. 아무튼 얼마 후 병호는 목책 안으로 들어가 제임스 쿡 대령의 협조를 받아, 경비하는 군은 물론 관리자와 인부들도 모두 불러들였다.

곧 이곳의 책임자인 인성룡 및 함께 파견한 10인의 관리자들과 해후할 수 있었다. 물론 이들 외에도 추가로 파견한 100명이 중간 관리자 노릇을 하고 있었으나, 그들과는 추후 면담 일정을 잡고 우선 11인만 별도로 불러 그들을 만났다.

“수억만 리 이국땅에서 고생들이 많다!”

시커멓게 탄 인성룡 이하 신치도 학생들을 바라보며 병호가 위로하자 일제히 울음을 터뜨리는 이들이었다.

“흑흑흑……!”

“엉엉엉……!”

그런 그들을 일일이 안아주며 격려하던 병호 역시 눈시울이 시큰해져 잠시 할 말을 잊었다. 그러는 동안 이들도 진정을 했는지 장내는 어느덧 울음이 그쳐 있었다.

이에 병호도 심호흡을 크게 해 먹먹한 가슴을 누르고 말했다.

“이곳 환경과 너희들 모습만 보아도 너희들이 얼마나 고생을 했는지 알겠다. 해서 금일부로 인성룡을 이사에 너희들은 모두 부장에 발령하겠다.

“감사합니다. 사장님!”

일제히 복창하듯 말하는 그들의 인사를 고개를 끄덕이는 것으로 답한 병호가 계속해서 말을 이었다.

"하고 추가로 온 100명에 대해서는 인 이사가 인사권을 행사하도록. 내 생각으로는 그들도 기여도와 능력에 따라, 금번에 과장 또는 계장으로 일괄 승진시켜 주는 게 좋겠다.

"알겠습니다. 사장님!"

"그건 그렇고, 이제 고무를 채취해도 될 것 같던데?"

"제가 고무나무를 키워보니 6년이면 충분히 상품성이 있었습니다. 우리가 조림 사업을 해온 지가 햇수로 어언 9년째 아닙니까?"

"그렇지."

"그러다 보니 일찍 심은 나무들은 이곳의 가후 때문에 충분한 상품성이 있고, 이것이 최소 5년 후에는 충분한 수익을 낼 것이고, 10년 후면 큰돈이 되어 돌아올 것으로 확신하고 있습니다."

"그만큼 식재 면적도 넓어지고 상품성 있는 나무들도 많아진다는 말이겠지?"

"그렇습니다, 사장님!"

"좋다. 헌데 문제는 아체족이다. 너희들 생각에는 이들을 어떻게 대하는 것이 좋겠느냐?"

병호의 물음에 인성룡이 즉각 답했다.

"제가 느낀 바로는 그들도 순후한 종족입니다. 하지만 그들을 억압하려고 하거나 부당한 간섭을 행하면 크게 반발합니다. 따라서 그들의 문화를 존중해 공존공영하는 것이 가장 바람직한 것 같습니다."

"임금도 시세의 배로 달라는 놈들과?"

"그건 그들이 앙금이 남아 어깃장을 놓는 것이지, 실제는 다른 종족과 같이만 줘도 충분히 부릴 수 있으리라 판단하고 있습니다."

"네 말은 그들에게 자치권을 주면 공생할 수 있고, 임금도 지금 부리는 인부들과 별 차이가 없다?"

"그렇습니다. 사장님! 영국인이 이들을 지배하며 얕보고 억압하는 데다. 노임도 형편없이 주니 그 반발이 끝내는 그들을 그렇게 만든 것으로 판단하고 있습니다."

"흐흠……!"

잠시 침음하던 병호가 보다 밝은 표정으로 말했다.

"아무튼 좋다. 내 급히 오다 보니 준비를 못했는데 어디서 살 수 있으면 돼지라도 한 열 마리 잡아 회식을 하자구나."

"우리가 부리는 인부들 대부분이 이슬람교도라 육식을 즐기지 않습니다. 외람된 이야기입니다만 차라리 돈으로 조금씩이라도 나눠주시는 것이……."

"알았다. 그 문제는 그렇게 하도록 하고, 내 사흘을 더 머무를 예정이니, 인 이사는 그동안 라텍스를 채취해 내가 본국으로 가져갈 수 있도록 준비를 해주도록."

"알겠습니다. 사장님!"

"자, 이만 끝내고 추가로 온 100명도 만나보고 싶구나!"

"조치하겠습니다."

꾸벅 인사를 하는 인성룡 이하 열 명과 다시 악수를 나누며 그들을 격려한 병호는 곧 100명과도 만남을 가졌다. 그로부터 사흘 동안 병호는 조림지를 둘러보고 배후에 있는 토바 호도 구경했다. 그리고 나흘째 되던 날은 그의 말대로 그곳을 떠났다.

다시 바타비아로 돌아온 병호는 돌아오자마자 총독 핸드릭 두프와 만남을 가졌다.

"그래, 구경하신 소감이 어떻습니까?"

"총독 각하의 말 그대로였습니다. 헌데 정말 경비에서 손을 떼고 싶습니까?"

"물론입니다."

"그러면 애초의 약속과 어긋나는 것인데?"

"그만한 지분 감소는 각오하고 있습니다."

"흐흠……!"

잠시 생각에 잠겼던 병호가 말했다.

"완전히 손을 떼는 것은 어떻습니까?"

"그건 곤란하고……."

"25%의 지분이면 되겠습니까?"

"그 정도면 만족합니다."

아체족에게 얼마나 시달렸는지 25%의 지분에도 만족하는 두프를 보고 고개를 끄덕인 병호가 말을 하려는데 두프가 선수를 쳤다.

"이야길 듣자니 소총의 성능이 아주 뛰어나던데, 우리와 합작 생산을 하든지 최소한 우리나라에 한해 판매를 해주셨으면 좋겠습니다."

"그건 곤란하고 반대급부를 제공한다면 수호조약까지 체결하여 만약 네덜란드가 어려움에 처하면 우리가 군사원조를 해줄 용의는 있습니다."

"반대급부라 하시면?"

"자바섬 외에 귀국이 이 땅에 식민지를 확대하지 않는 것이 그 첫째고, 두 번째는 우리 대한제국이 주도할 범아시아 및 대양주 경제 공동체에 적극 협조하는 것입니다. 하면 네덜란드도 이 공동체에 끼워줄 것이고, 귀국 자체가 유럽에서 어려움에 처하면 파병을 포함한 강력한 군사원조로, 귀국을 서구 열강들로부터 안전하게 지켜 드리겠습니다."

"귀국이 주도하겠다는 경제 공동체라는 것이 전 아시아 및 오스트레일리아와 뉴질랜드까지 단일 시장을 만들겠다는 구상입니까?"

"그렇습니다."

"허허, 실로 대단한 구상입니다. 그런 시장에 인도네시아 식민 경영을 포기하는 것으로 우리만이 접근할 수 있다?"

"엄밀하게 말하면 식민지 확대 경영이겠지요?"

"물론 그렇습니다만."

말과 함께 잠시 생각에 잠겼던 두프가 말했다.

"너무 엄청난 조건들이라서 이건 제 전결 사항이 아닌 것 같습니다. 본국의 지침을 받아야겠습니다."

"동의합니다. 하고 경제문제는 향신료 작물, 삼, 키나, 커피, 카카오, 사탕수수, 바나나, 야자유, 담배, 쌀, 차 등을 플랜테이션(plantation) 방식으로 경영해, 쌀을 제외한 작물은 유럽으로 적극 수출할 수 있도록 하는 것은 어떻습니까?"

"그렇게 광범위한 단일경작의 기업적 농업 경영 형태라면 값싼 노동력이 필수인데, 원주민만 가지고 되겠습니까?"

"중국인도 있질 않습니까?"

"중국인?"

"금번에 우리 대한제국만이 유일하게 청국과 상호 대사관을 개설하고 내륙 진출까지 허용받았습니다. 이것이 무엇을 말하느냐? 이는 청국의 값싼 노동력을 해외에 송출할 수 있는 길을 열었다는 이야기입니다."

이는 서구 열강이 제2차 아편전쟁을 통해 청국에 얻은 조건과 비슷한 것으로, 이후 쿨리(苦力)라 불리는 2차 세계대전 전의 중국과 인도의 노동자, 특히 짐꾼, 광부, 인력거꾼 등으로 대표되는 인간 노동력 매매가 성행했다. 따라서 이는 아프리카인을 대신한 신종 노예제도나 다름없었다.

"지분 방식은?"

바타비아 동인도 총독 핸드릭 두프의 물음에 병호가 딱 잘라 답했다.

"55 : 45!"

"좋습니다. 그 대신 청국 노동자의 조달은 귀측에서 맡는 조건으로 합시다."

"물론이오."

"자, 그러면 수마트라의 원주민 확보를 위해 우리가 다섯 곳에 군대를 파견할 테니, 귀측은 한 곳만 맡아주시오."

"또 파병?"

"내가 알기로 수마트라에 사는 종족들의 종교가 불교, 기독교, 이슬람교, 힌두교 등 다양하지만, 아체족만 아니라면 크게 속 썩일 종족이 없는 것으로 알고 있습니다. 하니 우리가 아체족을 맡았으니 이곳과 가장 가까운 반다르람풍 지역을 맡아주시오. 하면 우리는 메단을 비롯해 페칸바루, 잠비, 팔렘방, 파당 등의 지역을 맡겠소. 이렇게 되면 수마트라의 주요 거점은 우리가 장악하는 것이 될 것이오."

"허, 거참……!"

난감해하는 그를 향해 병호가 당근책을 제시했다.

"하면 귀측에 모두 군용으로 기선 10척을 포함한 클리퍼선 20척을 주문하겠소."

"정말이십니까?"

"물론이오."

"좋습니다. 그렇게 하도록 하겠습니다."

이렇게 해서 큰 틀에서의 합의를 마친 병호는 곧 그들이 주최하는 만찬에 참석했다. 만찬이 끝나고 함께 숙소로 돌아온 병호가 해병 사령관 고민석을 보고 지시했다.

"메단에 2천 명을 필두로 페칸바루, 잠비, 팔렘방, 파당 등에도 각각 2천 명씩을 파견하여 지금부터 우리의 영토를 개척하는 것입니다. 특히 이 과정에서 주의할 것은 아체족과 더 이상 부딪히지 마시오. 즉 그들의 자치권을 존중한다 하고, 아니, 외세로부터 그들을 보호해 준다 하고, 그들도 인부로 부릴 수 있는 방안을 연구해 보시오."

"그들의 주요 거점인 아체 항을 영국이 점령하고 있다는데, 그럼 우리가 그들을 축출해야 하는 것입니까?"

"아니오. 그 문제는 내 협상으로 풀 테니, 아체족에게 3년의 여유를 달라하시오. 하면 내 반드시 영국인을 아체항에서 철수하도록 만들겠소."

"알겠습니다. 각하!"

"하고 만일을 우려해 각각 2척의 클리퍼선을 남기고 갈 테니, 유사시에만 사용하도록 하고, 탄약을 비롯한 군수 물자는 우리 상선이나 군함이 수시로 들러 보급해 주겠소. 여타 생필품 또한 보급하겠지만 가능한 현지 조달을 원칙으로 하고, 이곳 네덜란드 총독의 협조를 받도록 하시오. 내 총독에게 일러 놓을 테니."

"알겠습니다. 각하!"

곧 고민석마저 내보낸 병호는 이튿날 날이 밝자 두프에게 아군을 최대한 지원해 줄 것을 특별히 당부했다. 그리고 이날 바로 병호는 바타비아를 떠났다.

이로써 대한제국의 해외 영토 개척의 새로운 역사가 만들어지기 시작했다.

*　　　*　　　*

바타비아를 떠나 대한제국으로 향하던 20척의 전함은 남중국해에서 속도를 떨어뜨리더니, 변침(變針)해 육지 쪽으로 방향을 바꾸었다. 즉 월남의 수도 후에(Hue)로 향하고 있는 것이다.

월남(越南).

이 나라 역시 대국 중국과 남쪽으로 국경을 접하고 있는 관계로, 거대한 중국 세력에 누천년을 우리 민족과 같이 시달려 온 것도 같고, 현재의 인구 또한 약 1,500만 명으로 조선과 엇비슷했다.

그들 또한 아직 청나라에 조공을 바치고 있지만 다른 나라들에게는 독자 연호를 쓰며 황제국임을 자처하고 있었다. 이런 응우옌 왕조의 당대 황제는 뜨득(Tu Duc, 嗣德帝)으로 왕조가 창시된 지 4대째였다.

3년 전 선왕의 승하로 황위에 오른 당금 황제 뜨득은 금년 22세로 병호보다도 어린 나이였다. 제3대 황제 띠에우 찌(Thieu Tri, 재위 1841~1847)의 둘째 아들로 본명은 홍남(Hong Nham)이라 했다. 본래 왕위 계승자가 아니었으나, 그는 아버지의 뜻에 따라 장자 홍바오(Hong Bao)를 대신하여 응우옌 왕조의 왕위를 물려받았다.

재임 후 형 홍바오가 반란을 일으켰으나, 신속히 진압하였다. 그는 유교 진흥과 더불어 서구 로마 가톨릭 교회의 유입에 대하여 강경한 정책을 펼쳤으며, 서구 국가와의 교역에 쇄국 정치를 고수하였다.

왕조 내에 가톨릭 신자가 계속 늘어나자 외국인 선교사와 현지 신도들을 처형하고 가톨릭 전파 금지 등 종교 박해를 가

했다. 19세기 중반 베트남의 가톨릭교도가 45만 명으로 늘어나자, 뜨득은 대대적인 기독교 탄압으로 유럽인 선교사 25명과 베트남 성직자 300명을 처형하여, 2만 명의 신도가 죽었고, 수십만 명이 산으로 들로 숨은 모습까지 조선과 비슷한 모양을 연출하고 있었다.

특히 점점 노골화되는 프랑스의 야욕에 맞서 힘겹게 나라를 이끌어가고 있는 중이었다. 이런 나라에 대한제국은 이미 대사관을 개설하여 대사가 상주하고 있었고, 이들 또한 강화도에 대사를 파견한바 있었다.

아무튼 이런 나라의 수도 후에에 군함 20척이 몰려오니 월남에 비상이 걸렸으나, 곧 조선 대사의 신속한 대응으로 양군은 충돌 직전에 멈출 수 있었다. 이 나라 역시 한자 문화권으로 대사에는 전 중국어 역관 임희지(林熙之)가 임명되어 있었다.

대와 난 그림에 뛰어나 조희룡과도 친분이 두터운 그는 당대 조선의 최고 바둑 고수 김종귀와 바둑을 두다가, 조선 배의 입항 소식을 듣고 황급히 월남 조정에 조선 배임을 고해 양국의 충돌을 막고는 가슴을 쓸어내리고 있었다.

곧 그는 부두로 나가 병호를 영접해 일행을 일단 대사관 건물 내로 들였다. 그리고 다시 어전으로 나가 대한제국의 부총리 김병호와 월남황제 뜨득의 면담 날짜를 잡으니 이날 오후였다.

이날 오후.

병호는 비서 겸 통역관 오경석과 대사 임지희만을 데리고 경호 병력에 에워싸여 물에 둘러싸인 월남황궁 안으로 들어갔다.

곧 어전으로 안내된 병호는 스물두 살로 자신보다도 두 살이나 젊은 황제에게 먼저 예를 표했다.

"대한제국의 부총리 겸 국방부장관 김병호가 황제폐하를 뵙습니다."

정중히 허리 굽혀 하는 인사를 조선어 통역관에 의해 들은 뜨득이, 만면에 미소를 띠고 이를 지켜보다 자리에서 벌떡 일어나며 말했다.

"정말 잘 오셨소! 아국 방문을 진심으로 환영하는 바입니다."

"선물 자랑은 예가 아니나 선왕처럼 홍삼을 무척 사랑하신다기에, 홍삼 100근을 예물로 가져왔나이다."

"하하하! 100근이라니? 참으로 배포가 크기도 하오. 감사히 받겠소이다."

이렇게 화답한 젊은 황제 뜨득이 사전에 생각하고 있는 바를 서슴없이 쏟아내기 시작했다.

"듣자하니 요즘 조선이 나날이 발전하고 있다는 말에, 여간

부러운 게 아니었소. 부총리께서 금번 아국을 방문하신 길에 양국의 우호 증진은 물론, 교류에 더욱 적극적으로 임해주셨으면 좋겠소. 예를 들면 우리나라에서 관비 유학생을 해마다 파견한다든가, 또 군사 고문단을 귀측에서 파견해 아국의 군을 지도해 준다면, 상호 간에 더욱 유대가 공고해지고 긴밀해지지 않겠소? 거기에 조선의 최신 무기를 공급해 주면 금상첨화이나 이는 쉽게 이루어질 청이 아니겠지요?"

"만약 유학생을 파견하신다면 전적으로 모든 경비를 제공할 용의가 있습니다. 하고 군사고문단의 교류는 귀국 측에서 젊은 장교를 선발하여 보내면, 아국 군영에서 일정 기간 훈련을 시켜 보낼 용의도 있습니다. 또 양국의 산업 중에서 귀국의 쌀을 대한제국이 수시로 수입하도록 하겠습니다. 귀국은 더운 날씨로 인해 3모작까지 가능한 것으로 알고 있습니다. 따라서 쌀이 남아돌지 않겠습니까?"

"우리나라는 아직도 개간되지 못한 7할 이상의 땅이 밀림지대로 그냥 남아 있소. 하지만 선황제 시절부터 강을 시작으로 주변 일대를 개간에 힘쓴 결과 지금은 쌀이 자급하고도 좀 남는 실정이오. 하니 귀국의 청을 들어주리다. 그 대신 우리는 그것을 무기나 여타 우리나라를 지킬 수 있는 군함 등으로 받고 싶소이다. 청을 개항시킨 영국을 본받아 프랑스의 야욕이 날로 현실화되니, 참을 수 없는 지경까지 이르렀소. 헌데 조선은 얼마 전 야심만만한 저 영국 놈들을 단단히 혼내줄 정도로 군사력이 강성하다는 말을 들었소. 하니 부총리께서 이를 적극 감안해 우리에게 무기로 공급해 주시면 고맙겠소이다."

"흐흠……!"

잠시 침음하며 생각에 잠겼던 병호가 발언을 했다.

"가는 곳곳마다 우리 무기를 달라 하나 그건 어려운 문제입니다. 하지만 조선보다는 떨어지지만 서구 열강과 같은 종류의 무기는 얼마든지 공급할 수 있을 것입니다."

"그 정도만 해도 우리나라는 감지덕지지요. 거기에 한 걸음 더 욕심을 낸다면 이제 대한제국이 선린의 바탕위에서 우리나라를 지켜주는 것이 어떻겠소? 얼마 전까지만 해도 청을 단단히 믿었지만, 양이와 조선에 판판히 당하는 꼴을 보니 전혀 믿음이 가지 않아 하는 말이오."

"상호 수호조약이라도 체결하길 원하시는 것입니까?"

"그렇게 될 수 있다면 더욱 이상적이지요."

국제 조류에 해박한 지식을 가지고 달려드는 젊은 황제를 보니 전혀 남의 일 같지가 않았다.

아니더라도 동병상련의 역사를 가지고 있는 월남이다 보니 더욱 그랬다. 그래서 신중한 표정으로 한동안 생각에 잠겼던 병호가 답했다.

“내각과 의논을 해봐야 할 일이나, 제 개인적인 생각으로는 황제 폐하의 청을 들어드리고 싶습니다.”

병호의 말에 한걸음에 병호의 면전까지 달려와 그의 손을 맞잡은 젊은 황제가 놀라움을 토하며 확인할 겸 물었다.

“오호! 정말이시오?”

“그렇습니다.”

“고맙소, 고맙소이다.”

금방이라도 양국의 수호조약이 체결이라도 된 양 병호의 손을 맞잡고 흔드는 젊은 황제를 보니, 전혀 남의 일 같지 않게 느껴진 병호가 더욱 손을 굳게 쥐며 말했다.

“꼭 그렇게 되도록 힘써 보겠습니다.”

“고맙고, 고마운 일이오. 그렇게 해서 우리가 양이들, 특히 프랑스 놈들의 야욕을 저지할 수 있다면, 우리 월남은 귀국과 영원히 변치 않는 우정을 이어나갈 것이오.”

홍분과 감사한 마음으로 눈시울마저 붉어진 젊은 황제를 잠시 바라보던 병호가 말했다.

“황제 폐하의 소망대로 양국이 보다 긴밀한 유대감을 갖고, 산업혁명으로 인해 아시아 시장에 눈독을 들이고 있는 양이들에 적극 대처하여, 그들의 먹잇감이 되는 일이 없도록 군사는 물론 산업, 문화 등 다방면에 걸쳐 교류와 협력을 늘려갑시다.”

“내가 진정으로 바라던 바요. 중국의 오랜 핍박에서 벗어나 바야흐로 웅비하는 대한제국과 손을 맞잡고, 우리 월남 또한 산업과 군사력을 발전시켜, 서로가 도움이 되는 진정한 친구 사이가 되길 간절히 소망하오.”

“고마우신 말씀입니다. 하면 이를 어떻게든 현실적으로 실현시키는 방안이 도출되어야 하는 바, 제가 이 나라를 방문한 이 기회에 다방면에 걸친 양국 교류 협정을 체결하도록 합시다.”

“좋소! 그렇게 하도록 합시다. 짐이 해당 부서에 지시해 놓을 테니, 부서마다 필요한 사안을 논의하여, 협력과 교류를 대폭 놀리는 것으로 합시다. 짐이 다른 나라는 못 믿어도 조선만은 믿으니까요.”

“고맙습니다. 황상!”

이렇게 황제와의 대면을 끝낸 병호는 이날 밤 황제가 직접 주최한 만찬에 참석하는 것을 시작으로, 이튿날부터는 각 부서의 수장들과 문화, 산업, 통상, 군사 분야 등 다방면에 걸쳐 교류와 협력을 증진하기로 양해 각서를 체결했다.

그러나 상호 수호조약은 매우 중요한 일이므로 월남의 사신단이 대한제국을 답방 형식으로 방문할 때, 양국이 다시 논의하여 가부간의 결정을 내도록 했다.

이렇게 병호는 5일을 월남에서 체류하며 바쁜 일정을 보내

다가, 황제께 다시 인사를 드리는 것을 끝으로 바로 귀국길에 올랐다. 귀국길에는 조선의 최고 바둑 고수라는 김종귀도 동행하고 있었다.

바둑을 좋아하는 임희지를 따라 월남까지 왔다 금번에 돌아가는 것이다.

귀국한 다음 날, 병호는 내각에 수마트라 점령 계획과 월남과 다방면에 걸친 상호 교류 협정을 체결한 것을 보고하고, 수호조약 건을 안건으로 상정했다. 이에 각 부서의 이해관계에 따라 열띤 토론이 벌어졌다.

수호조약을 앞세워 보다 많은 이익을 얻고자 하는 산업 통상과 문화 쪽은 범아시아 및 대양주 공동체 창설을 목적으로 적극적으로 찬성을 하는데 비해, 그렇지 않은 쪽은 반대 내지는 우려 입장을 표명했다.

수호조약의 남발로 쓸데없이 서구 열강과 부딪칠 개연성이 농후하다는 것이 그들의 주된 주장이었다. 그러나 결과적으로 실세인 병호를 지지하는 쪽이 압도적으로 많아, 월남과 수호조약을 체결하는 것으로 잠정 결론이 났다.

이날 오전.

병호는 회의가 끝나자마자 과기대신 이상혁을 데리고 산하해당 연구소를 방문했다. 즉 아직도 '조선 과학기술 연구소'라는 간판이 붙어 있는 국책 연구소를 방문한 것이다.

이곳의 연구소 소장은 소브레로로 서양에서 자천 타천으로 초청된 수백 명에 이르는 과학자들과, 수많은 젊은 조선 발명가 및 연구원들이 거대 국책 사업을 연구하고 있었다.

일례로 전기(電氣)라든가 무선통신(無線通信), 내연기관(內燃機關) 등 인류 문명에 한 획을 그을 중대한 기술들이자, 미래 조선의 먹거리들이었다. 그런 국책연구소의 수장에게 병호가 귀국하자마자 보낸 것이 있으니, 수마트라 메단에서 가져온 라텍스, 즉 고무 입자였다.

이것의 주성분은 물 60%, 고무 35%로 구성되어 있어. 물 반 고무 반이 아니라 아직은 수분이 훨씬 더 많은 상태였다. 아무튼 40리터들이 수많은 나무통에 들어 있는 이놈을 전달했으나, 그에게 꼭 지시할 사항이 있어 찾아온 것이다.

"어서 오세요. 부총리 각하!"

반갑게 맞는 38세의 소브레로를 맞아 병호가 가벼운 화제부터 던졌다.

"금번에 아들을 낳았다고?"

"네."

"돌이 언제요? 초대하면 꼭 가리다."

"알겠습니다. 다른 사람은 몰라도 부총리 각하는 꼭 초대하도록 하겠습니다. 선물이나 많이 들고 오세요."

"하하하! 물론이오. 헌데 라텍스는 받으셨습니까?"

"그것이 무엇에 쓰는 놈입니까?"

"천연고무 입자가 들어 있는 놈으로, 그놈을 원심분리시키면 60~70%까지 그 성분을 끌어올릴 수 있고, 석출 응고된 놈을 볼 수 있을 것이오."

재차 소브레로가 그 용도를 물었다.

"그놈을 뭐에다 쓰는데요?"

"거기에 폼산이나 아세트산을 가하면 천연고무가 응고하여 분리되는데, 이것이 천연 생고무라는 놈으로, 여기에 황(S)을 가하면 형틀에 따라 말랑말랑한 여러 제품을 만들 수 있을 것이오. 손가락에 끼는 골무라든가, 배관 라인에서 착암기까지 압축된 공기를 공급할 수 있는 고무호스, 또 가느다란 구멍으로 밀어 넣어 응고시키면 고무줄도 만들 수 있소. 또 신발, 튜브나 타이어 등 만들기에 따라서는 지금까지 이 세상에 존재하지 않았던, 수많은 제품을 만들 수 있으니 어찌 소중한 자원이 아니겠소?"

"잠깐만요. 그렇게 빨리 말씀하시면 제대로 다 알아들을 수 없으니 메모 좀 하겠습니다."

말과 함께 수첩을 꺼내들고 일일이 메모를 하려 덤비는 소브레로 때문에 병호는 재차 설명을 하지 않을 수 없었다. 그리고 덧붙였다.

"아직은 원료 공급이 원활치 않을 것이니, 고무호스와 고무줄 정도를 만들어 파는 것으로 합시다. 하다가 이놈이 대량으로 쏟아져 나오면 그때 가서는 신발, 자전거, 리어카 등 다양한 제품을 만들어 판매하는 것으로 하고."

"아직은 무슨 말인지 잘 모르겠지만 라텍스라는 놈이 다양한 용도가 있는 것은 분명하군요."

"물론이오. 하니 일단은 석출하고 황을 가해 여러 제품을 연구해 보시오."

"알겠습니다. 각하!"

"진행되는 프로젝트는 어떻소?"

"너무 벅찬 과제들이라 아직은 큰 성과가 없습니다."

"그래요? 그러면 아주 쉽게 그 결과물을 내놓을 수 있는 것을 내가 보여주죠."

말이 끝나자마자 병호는 비서 전기를 불러 미리 오늘에 대비해 그려온 통조림용 캔 따개 및 병을 딸 수 있는 오프너의 그림을 보여주며 말했다.

"금번에 수마트라까지 진출한 군사들의 전투식량으로 통조림도 지급되었는데, 이걸 따는데 온갖 방법을 다 동원하는 것을 보고 아이디어가 떠올라 고안해 보았소."

그렇게 말한 병호가 소브레로에게 보여준 것은, 깡통의 가장자리에 따개를 끼우고 톱니바퀴 모양의 칼날로 깡통의 둥근 가장자리를 돌려가면서 따는 방식의 캔 따개와, 오늘날에도 병따개로 사용하는 오프너 그림이었다.

"이것을 한꺼번에 가지고 다닐 수 있게 묶고, 세상에 없는 물건이니 전 세계를 대상으로 특허도 출원하시오."

"알겠습니다. 각하!"

"아, 또 하나! 앞으로 이 라텍스를 대량으로 우리나라로 들여와야 되는데 그러자면 나무통만으로는 대량 수송에 부적합하니, 200리터 드럼통도 만들어 보시오."

말과 함께 병호는 즉석에서 드럼통 모양을 그려 보여주는 것은 물론, 내용물을 꺼내 쓸 수 있는 회전식 나사 모양의 마개까지 상세하게 그려 보여주며 자세한 설명을 덧붙였다. 그러자 소브레로가 말했다.

"이걸 제대로 만들려면 용접이 필요하겠는데요?"

"납땜 용접으로 가능한지 시도해 보시오. 그러나저러나 전기가 발명되면 아크 용접기도 만들어 쉽게 용접도 할 수 있을 텐데……."

병호가 진한 아쉬움을 표하자 소브레로가 약간은 삐진 투로 말했다.

"우리에게 너무 많은 것을 기대하고 있는 것 아닙니까?"

"물론 단기간에 성과를 낸다는 것이 쉽지는 않을 것이나, 부지런히 연구하다 보면 좋은 결과도 있겠지요."

"저도 그런 생각으로 과학자들과 연구생들을 독려하고 있습니다만, 지나친 기대는 금물입니다."

"하하하! 그래요. 내 기대를 좀 축소할 테니, 지나친 부담을 가질 필요는 없소. 돌에는 꼭 초대하도록 하고."

"네, 각하!"

병호의 씀씀이가 크다 보니 큰 기대를 하는지 소브레로의 어투가 밝아지는 가운데, 병호는 이후 소브레로의 안내로 연구소 내를 한 바퀴 둘러보고 발길을 돌렸다.

이날 오후.

병호는 보건대신 장열성을 데리고 시볼트가 소장으로 있는 '조선 질병 연구소'라는 곳을 찾아가 의학 분야에도 지대한 관심을 표명했다. 특히 약속대로 학업을 마치고 조선에 입국한 파스퇴르를 격려하며 그에 대한 많은 기대를 표명했다.

* * *

이튿날.

돌연 병호는 해삼위를 방문하겠다며 집을 나서니 수행 비서들과 경호 병력이 바삐 움직이지 않을 수 없었다.

머지않아 마포나루에 당도한 병호 일행은 그곳에서 인천항까지 조양물산 소속의 상선을 타고, 그곳에서는 다시 기선 2척과 클리퍼선 5척의 호위를 받으며 일로 해삼위로 향했다.

느긋한 일정 속에서 삼 일 후 해삼위에 도착한 병호가 제일 먼저 찾은 곳은, 이곳에 위치한 '조선 국방 과학연구소'라는 곳이었다. 베세머가 소장으로 있는 국방부 산하 국책 연구소로써, 명칭은 거창하지만 실제는 무기를 연구 제작하는 곳이었다.

"어서 오십시오. 부총리 각하!"

"고생이 많소!"

"별말씀을 다 하십니다."

"아, 이젠 조선말이 많이 늘었는데?"

"아이들과 대화를 위해서라도 안 배울 수가 없었죠."

"아들 하나에 딸 하나죠?"

"그렇습니다. 각하!"

"지금까지는 바빠 소장의 가정사는 챙기지 못했지만 앞으로는 적극적으로 챙기리다."

"말만이라도 감사합니다."

"말뿐이 아니라니까요?"

"하하하! 기대하겠습니다. 각하!"

병호가 언성을 높이자 그것이 재미있는지 웃음까지 머금는 베세머를 보고 병호가 말했다.

"이번에는 좀 쉬운 부탁을 하죠. 요즘 서양 사람들이 주로 쓰는 니들건과 대포를 대량으로 만들어 주시오."

"그걸 무엇에다 쓰시게요?"

"다른 나라에 수출하려고 하오."

"알겠습니다. 그 정도는 일도 아니죠."

베세머가 자신하는 대로 서양의 총과 대포는 영국군에게 노획한 것 일부를 옮긴 것도 있는 데다, 기술적으로도 후진 사양이었기에 큰 어려움 없이 만들 수 있을 것이다.

"얼마 정도가 필요하십니까?"

"우선 총 1만 정에 대포 300문이오."

"알겠습니다. 각하!"

"좋소! 휘하 연구원들과 술이나 한잔하시오."

말과 함께 병호는 품을 뒤져 미리 준비해 온 1천 냥짜리 어음 한 장을 꺼내 탁자 위에 올려놓았다. 그러자 베세머의 표정이 급격히 밝아지며 입이 귀에 걸렸다.

곧 그곳을 빠져나온 병호는 시청사로 향하며, 연해주 방면 사령관 지위에 오른 전 3군단장 박명우를 호출토록 지시했다. 연해도 감영이 설치된 이곳에 그도 머물러 있었기 때문이었다.

아무튼 병호가 모처럼 시청사 내에 위치한 자신의 집무실에 들어서니, 여비서 순명이 한걸음에 달려와 병호의 품에 안기며 훌쩍거렸다.

"울긴 왜 울어?"

"너무 반가워도 눈물이 나네요."

"그래, 잘 지냈고?"

"네, 사장님이 오니 이제야 사무실이 사무실 같아 보이네요. 혼자 텅 빈 사무실을 지키고 있으니 너무 외로웠어요."

"그놈 참, 그나저나 확실히 해삼위 날씨가 시원하긴 시원하구나!"

"그 대신 겨울에는 춥잖아요."

"세상만사가 다 그런 것 같다. 좋은 점이 있으면 나쁜 점도 있고."

"얼마나 계실 건데요?"

"한 일주일?"

"오래오래 머물다 가세요. 최소 한 달 정도는."

"그렇게 한가한 몸이 아니다."

"아니면 저도 한양으로 올라가 근무하면 안 될까요?"

"한양?"

"네! 사실 사장님이 한양에 계시면 이곳 사무실도 그다지 필요가 없잖아요?"

"그렇긴 하다만."

"꼭요. 아잉……!"

평소 부리지 않던 애교까지 떠는 순명을 보고 병호가 너털

웃음을 지으며 말했다.

"말만 한 처녀가 애교를 부리니 좀 징그럽긴 하다만, 부친의 허락은 받아야 한다?"

"물론이죠."

이때 밖에서 노크 소리가 들려왔다. 이에 가깝게 접근해 있던 순명이 화들짝 놀라 멀리 떨어졌다.

"들어와요."

곧 문이 열리며 중장 계급장을 단 박명우가 들어와 부동자세로 병호에게 인사를 했다.

"충성! 부르셨습니까? 각하!"

"충성, 잘 지냈소?"

"네, 각하!"

박명우의 손을 맞잡은 병호는 그를 이끌고 자신의 집무실 안으로 문을 열고 들어갔다. 곧 그를 소파로 안내한 병호가 그의 맞은편 자리에 앉으며 물었다.

"새로 우리 영토에 편입된 구 청나라 백성들에 대한 징집도 이루어졌지요?"

"네, 그들 또한 16세에서 18세 되는 자들은 모두 징집해 아군에 편입시켰습니다."

"그 숫자가 얼마나 되오?"

"2만 정도 됩니다."

"좋소. 내가 박 사령관을 부른 것은 다름 아닌 해군과 합동으로 해병대원 2만을 양성해 주었으면 하는 바람에서요. 하고 이곳으로 월남 장교 200명을 보낼 테니, 그들 또한 월남군의 중추가 되도록 양성해 주시오."

"알겠습니다. 각하!"

확실히 군인은 군인이었다. 박명우로서는 질문이라도 할 법하건만, 군말 없이 승낙하고 여전히 부동자세로 앉아 있었다. 그런 그를 웃음 띤 얼굴로 바라보던 병호가 말했다.

"순명이 말이오."

"네, 각하!"

"나를 따라 한양으로 가고 싶어 하는데 어찌 생각하오?"

"다 큰 녀석이니, 녀석의 의견을 존중하고 싶습니다."

"민주적인데?"

"네?"

"아니오."

부지불식간에 말해놓고 멋쩍은 미소를 지은 병호가 다시 말했다.

"극비 사항이지만 2만 해병을 이끌고 일본 북방에 위치한 사할린과 홋카이도를 점령할 예정이니 훈련에 철저를 기해주기 바라오."

"명심하겠습니다. 각하!"

"좋소! 우리 모처럼 만났으니 술이나 한잔합시다."

"감사합니다. 각하!"

이렇게 해서 두 사람이 늦은 오후부터 초저녁까지 술타령을 하고, 병호가 해삼위 자신의 저택에 도착하니 하녀인 정님부터 난리가 났다.

"마님, 마님, 빨리 나와보세요. 누가 오셨는지, 빨리 나와보세요."

"왜 이리 수선을 피우느냐?"

달갑지 않은 어투로 답하고 부스스한 얼굴로 안방 문을 열고 나오던 지홍의 표정이 과히 볼 만했다.

제5장

북해남북도(北海南北道)

그 아름다운 얼굴이 일그러지는 것 같더니 와락 구겨지며 병호의 품 안으로 달려들었다. 그리고 흐느껴 울었다.

"흑흑흑……! 서방님!"

그런 지홍의 머리를 쓰다듬으며 병호가 안부를 전했다.

"잘 지냈소?"

"서방님이 없는데 뭘 지내요? 세상이 다 빈 것 같이 공허한데."

"허허, 그랬소? 나도 그동안 당신 생각 많이 했소."

"쳇, 생각했다는 사람이 일 년이 넘도록 소식 한 장 없어요?"

"너무 바빠 그럴 겨를이 없었소."

"남정네는 다……."

"또 뭔 소리를 하려고 그러오?"

"다 그렇고 그래요. 사기꾼에다……."

"사기꾼이라니?"

"꾈 때만 사탕발림하고 종내는 헌신짝처럼 버리는… 나는 서방님은 다를 줄 알았더니 무심한 게, 여느 놈들과 다를 게 없어요."

그녀의 말이 진행되면 될수록 병호의 표정이 굳어지더니 종내는 큰소리가 나오고 말았다.

"어허!"

"칫……!"

그제야 품에서 벗어나며 삐진 형용을 하는데 한쪽 구석에서는 정님이 옷고름으로 눈가를 찍고 있었고, 열린 문 사이로 둘을 멍하니 바라보고 있는 어린 딸을 보고 병호가 손을 내밀었다.

"소연(小鷰)아, 이리 오련?"

그러나 '작은 제비'란 뜻의 여섯 살 난 딸 소연은 아버지를 보고도 데면데면하게 굴었다. 아니, 손을 벌리고 있는 병호가 무색하게 제 어미 품으로 달려갔다.

이 모습을 보고 지홍이 또 한소리했다.

"일 년에 한 번씩 나타나니, 제 아비 얼굴이나 기억하겠어요?"

"무슨 또 일 년에 한 번이오?"

"안 그래요?"

"그전에는 쭉 같이 살았잖소?"

"됐네요."

반가움이 종내는 말싸움으로 변하자 정님이 물었다.

"나리, 진지는 드셨어요?"

"아직 전이다."

"술내 나던데, 술 마시며 같이 들고 오시던지 하지, 꼭 사람 귀찮게……."

"그만하오."

"들어가자, 소연아!"

병호가 역정을 내자 어린 딸을 데리고 안방으로 사라지는 지홍이었다. 이 모습을 보고 병호가 쓴웃음을 짓는데 정님이 물었다.

"약주도 같이 올릴까요?"

"내 마음 알아주는 건 너밖에 없구나!"

"마님도 너무 반가운 나머지 투정하시는 거지, 다른 게 있나요?"

"그렇긴 하다만, 투정치곤 좀 지나친데?"

"나리께서 떠나신 후로는 매일 멍하니 창밖만 바라보고 계셨어요."

"그랬구나!"

그제야 병호는 언짢은 마음이 풀렸다. 그래서 병호는 못 이긴 척 안방으로 가 아직도 엄마 품에 안겨 있는 딸 소연을 강제로 빼앗아 안았다. 그리고 물었다.

"아비가 반갑지 않느냐?"

"무서워요."

"뭐?"

딸의 뜻밖의 대답에 무의식적 반응을 쏟아낸 병호가 잠시 멈칫하더니 품에서 무언가를 꺼냈다. 마제은(馬蹄銀)이었다.

마제은이란 말발굽처럼 생겼다고 해서 붙여진 이름으로, 대부분 중국 상인들을 통해 국내에 유입되었다. 유통된 마제은의 중량은 약 1근 정도였고, 대·중·소의 구별이 있었다. 병호가 가져온 것은 그중 가장 작은 것이지만 상당한 가치가 있었다.

당십전, 당백전의 주조를 명했지만 아직은 조선에 유통되고 있지 않아 품에 있던 마제은을 준 것이다. 아무튼 돈이면 귀신도 부린다더니 이것이 딸에게도 통용될 줄은 몰랐다.

데면데면하게 굴던 소연이 금방 어리광을 피우기 시작한 것이다.

"아버지, 보고 싶었어요."

"됐다, 이놈아!"

둘의 하는 양을 보고 있던 지홍이 끼어들었다.

"볼에 뽀뽀 한번 해드려라."

"됐다, 됐어!"

병호가 막 사양하는데 정님이 밥과 함께 주안상을 들고 들어왔다.

그러자 딸 소연이 잽싸게 병호의 볼에 뽀뽀를 하고는 제 어미 품으로 달아났다. 그러자 병호가 기분이 좋은지 너털웃음을 지으며 말했다.

"허허, 당신도 이리와 같이 한잔합시다."

"이게 얼마만인지 모르겠네요."

지홍이 언제 병호와 말다툼을 벌였냐는 듯 주안상 앞으로 다가와 앉았다. 이때부터 둘은 권커니 잣거니 하며 많은 술을 마셨다. 그렇게 되어 둘 사이의 분위기가 무르익었는데 문제는 딸아이였다.

아직도 눈망울이 초롱초롱한 게 언제 잘지 몰랐다. 이에 병호가 주안상을 물리며 넌지시 정님에게 말했다.

"오늘은 네가 데리고 자라."

"네, 나리!"

이렇게 소연을 억지로 정님에게 떠맡긴 둘 사이에는 밤새

춘풍이 불었다. 병호는 때로 지홍의 감창소리가 너무 커 입을 틀어막아야 하는 곤욕도 치렀다.

그로부터 팔 일째되는 아침.

병호는 다시 한양으로 돌아가기 위해 군함에 승선했다. 이 군함에서는 더 이상 떨어져 지내지 않겠다는 지홍 때문에, 딸 소연은 물론 정님까지 모두 데리고 한양으로 돌아가는 길이었다.

여기에 한 사람 더 동승한 사람이 있으니 비서 박순명이었다. 그녀의 부친 박명우 또한 허락한 데다 이제 이곳에 있을 필요가 없기 때문에 데리고 가는 것이다.

아무튼 7일 내내 새로 편입된 간도 일대는 물론 송화강까지 둘러보고 이곳까지 철도지선을 연장하라 연해도 관찰사에게 지시한 병호는 넘실거리는 푸른 파도를 바라보며 조선의 미래를 그려보고 있었다.

*　　　*　　　*

1850년 10월 5일.

마침내 그간 소식이 없던 홍콩 총독 헨리 포팅거가 조선을 찾아왔다. 이에 병호는 외무대신 이상적과 함께 그를 자신의 집무실에서 맞았다.

서로 간단한 인사가 끝나자 병호가 대뜸 물었다.

"어찌 되었소?"

"군함 포함 총 5만 정이면 우리도 응할 의향이 있소이다."

"7만 정 그 이하는 절대 안 되오."

포로 인당 니들 건 10정으로 포로 수가 5,300여 명. 여기에 함정 척당 1천정으로 20척이니 영국이 포로를 포함한 군함 모두를 찾아가기 위해서는, 총 7만3천 정의 총을 조선, 아니, 병호와 밀약을 맺은 청나라 염호들에게 공급해야 했다.

그런 것을 병호는 자투리는 떼어내고 7만 정을 계속 요구했지만 포팅거에게는 그게 그거라 병호의 언사가 강경하게만 느껴졌다. 이에 그의 인상이 자신도 모르게 구겨지는데 병호가 다른 조건을 하나 제시했다.

"만약 영국군이 아체항에서 철수한다면 2만 정을 깎아드리겠소."

"아체항?"

"수마트라의 아체항 모르시오?"

"물론 알지요. 헌데 조선이 아체항까지 탐낼 줄은 몰랐소."

"내가 아는 바로는 영국도 놈들의 끈질긴 저항에 애를 먹고 있는 것으로 아오만?"

"3만 정이라면 어떻게 본국에 요청을 해보겠소이다만?"

"허허, 솔직히 영국의 면을 보지 않았다면 강제로라도 점령할 수 있는 것을 협상으로 어떻게 해결해 보려 했더니……."

"끙……! 3만5천 정 어떻소? 하면 대한제국도 우리가 내년에 개최하는 만국박람회에 참가할 자격을 드리겠소이다."

"만국박람회?"

"그렇소. 지금 유리와 철제로만 거대한 수정궁을 짓고 있는데 지금까지 참가 의사를 밝힌 국가만 32개국으로, 이들 나라의 온갖 최신 상품이 전시될 예정이외다."

"그런 자리에 조선의 최신 상품이 껴야 더욱 빛이 날 텐데, 그것으로 협상을 하자니 우습지도 않소."

맞는 말인지라 포팅거의 표정이 또 한 번 일그러졌다.

"4만 정! 그 이하로는 아체항에 대한 협상은 없소."

딱 자르는 병호의 말에 잠시 계산을 해보던 포팅거가 말했다.

"물론 최종적으로 본국의 허락이 떨어져야 되지만, 내 개인적으로는 그에 응하고 싶소."

"좋소. 4만 정에 대한 총기의 인도는 어찌하겠소?"

"우선 2만 정이 우리 상선과 군함에 실려 홍콩에 와 있으니……."

"잠깐 그것들을 멀리 조선까지 싣고 올 것 없이, 내가 지정한 장소와 사람에게 중국 연안에서 넘겨주는 게 어떻겠소?"

"물론 그렇게 되면 우리에게는 더 좋은 일이지요."

"그럼, 그렇게 하기로 하고, 나머지 2만 정은 언제 인도하겠소?"

"명년 6월까지는 인도하는 것으로 문서로 확약할 테니, 금번에 모두 송환시켜 주면 안 되겠소?"

"흐흠……!"

잠시 고심하던 병호가 말했다.

"당신들 같으면 청국에서 전쟁배상금도 악착같이 받아내지만, 이는 생명에 관계된 포로 건이고, 나 또한 영국이 아직은 신사의 나라라는 좋은 감정을 가지고 있으니 허락하오. 단 약속을 어길 시에는 그만한 대가를 지불하게 될 것임을 명심하시오."

"고맙소. 내 직위와 명예를 걸고 꼭 이행하리다."

"좋소. 아체항을 포함하여 문서로 확약합시다."

"아체항은 가결정이고 본국의 훈령을 받아야 확실히 되는 것이오."

"물론 잘 알고 있소."

이렇게 되어 양국은 무난하게 포로 건을 해결했다. 후일담이지만 영국은 그들 또한 아체족에게 진절머리가 났던지 조선의 요구에 동의했고, 51년 3월말에는 총기 2만 정이 추가로 반입되어 청나라 염호들에게 인도되었다.

*　　　*　　　*

그로부터 10일 후.

이번에는 월남에서 대규모 사절단이 파견되어 왔다. 그 가운데는 관비 유학생 100명과 젊은 장교로 구성된 군인 200명도 군사 교류 차원에서 함께 내방을 했다.

이에 병호는 국립대학인 성균관에 이들을 입학시키고 군인은 애초의 계획대로 해삼위로 보내 훈련을 받도록 했다. 그리고 월남과 상호 수호조약을 체결하니 월남 사절단 대표는 사의를 표하느라 허리가 굽어 돌아갔다.

이런 정세 속에 뜻밖의 인물이 대한제국을 찾아들었다. 미국 해군 중령 글린(J. Glynn)이라는 인물이 그였다. 그의 계급이 있는 만큼 처음에는 외무부 국장 선에서 그의 면담이 이루어졌으나 그가 가져온 내용은 결코 가볍지가 않았다.

따라서 그가 가져온 사안을 두고 외무대신 이상적이 직접 병호를 찾게 되었고, 병호는 그를 직접 만나보고 판단하기 위해, 그를 이상적과 함께 자신의 집무실로 불러들였다.

그는 계급에서 알 수 있듯이 젊은 군인이었다. 삼십 대 후반 정도 되어 보이는 금발의 글린과 대면한 병호는 그를 마주하고도 한동안 아무 말이 없었다. 그러던 그가 느닷없이 물었다.

"조선과 통상을 하고 싶다고요?"

"네! 각하!"

"지금까지 미국은 조선을, 아니, 대한제국을 거들떠보지도 않던 것 같더니 웬일이오?"

병호의 말대로 미국은 아직 조선과 아무런 협정도 체결된 것이 없었다.

"솔직히 전에는 대한제국의 강성함을 잘 몰랐습니다."

"그렇다 치고 미국의 생각이 바뀐 이유는?"

"이제 동양에서 대한제국을 제외하고는 아무것도 우리의 뜻대로 할 수 없다는 결론에 이르러 먼저 상호 통상조약을 체결하길 원합니다. 여기에는 몇 가지 부가적인 것도 있는데, 우리 기선에 대한 석탄 공급과 만약 표류하는 우리 선박이 있다면, 인도적 차원에서 구조는 물론 아무 조건 없이 아국으로 돌려주는 것이 그것입니다. 물론 같은 조건으로 우리도 우리 근해에서는 대한제국에 편의를 제공할 용의도 있습니다. 또한 대한제국과의 협상이 잘 진척된다면 아직도 쇄국을 고수하고 있는 일본 막부의 빗장을 함께 벗겨보고 싶은 생각도 있습니다."

"흐흠……!"

잠시 침음하던 병호가 딴지를 걸었다.

"이런 중대사를 함께 논하기에는 당신의 계급이 너무 낮은 것 같은데?"

어떻게 보면 모욕적인 말일 수도 있는 병호의 말에도 글린은 당당했다. 낯빛 하나 변치 않고 그가 다시 그 배경을 설명했다.

"그렇게 느끼실지 모르나, 나로 말할 것 같으면 작년 4월, 일본 나가사키에 억류 중인 아국 표류 선원 전원을, 본인이 막부와 협상을 통해 미국으로 인수해 간 경력도 있으니, 아주 햇병아리만은 아닙니다. 아국에서 그만한 대우도 받고 있고요."

"하하하……! 그래요? 미처 몰랐군요."

냉담했다, 상대를 모욕했다, 크게 소리 내어 웃기까지 하니 웬만한 외교관이라도 얼이 빠졌을 법도 한데 글린은 의외로 침착하기만 했다.

이런 글린이라는 인물을 알기 위해서는 일본의 개항과 밀접한 관련이 있는 그에 대해 상술하지 않을 수 없고, 일본이 미국과 가장 먼저 화친조약을 체결한 배경부터 거론하지 않을 수 없다.

원역사에서 일본의 개국은 1854년 미국과의 화친조약(和親條約)을 체결함으로써 시작되었다. 1858년 안세이(安政) 5개국 조약의 체결로서 일본도 구미 국제정치 질서에 완전히 편입하게 되었다.

그런데 일본의 개국이 영국이 아니라 미국에 의해 이루어졌다는 것이 특기할 만한 사실인 것이다. 당시 세계 최대 강국인 영국은 중국과 이미 조약을 체결해 방대한 영토와 인구를 갖고 있는 중국의 잠재적인 시장성을 과신하고 있었다.

이와는 대조적으로 일본의 경제적인 가치에 관해서는 과소평가하고 일본을 경시하였다. 반면에 일본을 주목한 국가는 미국이었다. 미국이 태평양 방면으로 진출하게 된 것은 멕시코와의 전쟁 결과로 1848년 캘리포니아를 획득한 것을 계기로 본격화되었다.

더욱이 이곳에 금광이 발견돼 많은 사람들이 모여들었는데 금의 발굴이 여의치 못하자 여기에 운집한 자들이 중국 무역으로 관심을 바꾸게 되었다. 또 한 가지, 당시 미국의 면공업은 1840년대에 들어서면서 영국 다음으로 번창하였다.

중국으로의 면 수출이 미국의 면 수출 총액에서 20~30%를 차지하게 되었다. 다시 말하자면 면공업에 있어서 중국 시장은 미국의 입장에서 볼 때 매우 중요하게 되었다.

이와 더불어 태평양 횡단기선 항로의 개설이 중요하게 되었다. 그런데 중국과 미국의 서부를 연결하는 이 장거리 항로에는 당시의 기술 수준으로 보아 중간 지점에 석탄 공급지가 절대적으로 필요한 것이었다. 이런 중간 기항지로써 일본이 주목받았다.

뿐만 아니라 당시 미국에서는 포경업(捕鯨業)이 크게 번성하고 있었다. 캄차카 반도, 오호츠크 해, 일본 열도의 동쪽 바다, 북태평양 등지가 그 주요 어장이었다.

그런데 이들 선박이 난파한다든가 표류해서 일본에 기항하는 경우 당시의 막부는 이들을 모두 구속하였다. 미국 정부로서는 이들 포경선단의 이익을 보호하는 것이 주요한 정책 과제가 아닐 수 없었다.

이 같은 사정은 1848년 5월에 발표된 하원 해군위원 킹(T.B. King)의 보고서에 잘 나타나 있다. 그는 중국에 대한 면 수출에 있어서 미국은 장차 영국을 능가할 것이라고 전망하였다. 미국이 연구해서 만든 제품이 중국인 취향에 알맞고 영국 제품에 비해 가격이 저렴하기 때문에 반드시 영국과의 경쟁에서 승리하리라는 것이다.

그리고 영국은 아편을 수출하고 있기 때문에 장기적으로 보아 그 중국 무역은 반드시 쇠퇴하게 된다는 것이다. 따라서 이런 전망을 갖고 있는 중국 무역을 발전시키기 위해서 앞서 본 기선항로 개설이 절대 필요하다는 것이었다.

그리하여 일본의 개국이 미국의 중국 진출, 태평양 진출에 필수적인 정책 과제가 되었다. 1849년 4월, 해군 중령 글린(J. Glynn)이 나가사키에 와서 억류 중의 표류 선원인 미국인들을 인수해 가는 데 성공하였다.

이 당시 작성된 글린의 보고서는 미국의 일본 정책에 큰 영향을 주었다. 그는 무력을 사용해서라도 일본을 개국시키지 않으면 안 된다고 대통령에게 건의한바 있다.

그런 인물이 중차대한 임무를 맡고 다시 조선을 찾아와, 병호의 온갖 흔들기에도 평상심을 유지하니 그로서도 내심 감탄하지 않을 수 없었다. 그런 병호가 말했다.

"좋은 생각이오. 상호 호혜적인 입장에서 통상조약을 체결하고, 기선에 석탄을 제공함은 물론 표류 시 인도적 송환도 약속할 수 있소. 그리고 일본의 빗장을 푸는데까지도 동의하오. 그러나 그 문제는 공동이 아니라 조선에 맡겨주었으면 좋겠소."

"특별한 이유라도 있습니까?"

글린의 물음에 병호는 잠시 답을 안 하고 침묵을 고수했다. 그의 내심은 '36년간 식민 지배를 당한 경험을 그대로 그들에게 돌려주고 싶소.' 라고 답하고 싶었다.

그러나 이는 답이 될 수 없기에 생각 끝에 말했다.

"일본과 우리는 역사적이나 지리적으로 아주 특수한 관계요. 따라서 미국이 조선을 대중국 진출의 전진기지로 활용한다면, 일본 없이도 충분히 중국은 물론 동양의 여러 나라와 무역이 가능하리라 보오. 따라서 일본에 대해서는 당분간 관망만 했으면 하는 바람이오."

"그 문제는 본인이 답을 드릴 수 있는 사안이 아닌 것 같습니다. 단지 각하의 말씀을 가감 없이 사실 그대로를 본국에 보고하도록 하겠습니다."

"좋소."

일단 수긍한 병호의 말이 이어졌다.

"내가 알기로 미국의 면화 산업이 급속도로 발달해 이젠 세계 생산량의 1/3을 점하고 있는 것으로 알고 있소. 그래서 말이오만 양국이 모두 승자가 될 수 있는 방안이 우리에게는 있소. 즉 당신들의 면사(綿絲)를 우리가 직수입하고 우리는 이것을 또 옷감으로 가공해 청국이나 여타 아시아 시장에 수출하고 싶소. 이것이 경쟁력 있는 이유가 우리에게는 옷감으로 재조할 수 있는 특별한 설비와 값싸고 충분한 노동력이 있기 때문이오. 나는 이것을 미국의 일본 정책과 연계시키고 싶으니 이 또한 그대로 보고해 주시오."

"그 설비라는 것이 혹시 재봉틀 아닙니까?"

병호는 글린의 물음에 깜짝 놀라지 않을 수 없었다. 그가 재봉틀을 유럽은 물론 미국에도 특허 출원만 해놓고 전혀 생산을 하지 않는데 글린이 재봉틀을 알고 있었기 때문이었다.

경위는 이렇다. 강남 연구소를 발족할 당시부터 재봉틀 부분 연구소를 따로 둘 정도로 이 부분에도 일찍부터 손을 대 병호는 발로 굴러 재봉할 수 있고, 바늘구멍을 앞면에 두어 겹 박음질이 가능할 뿐만 아니라, 옷감을 앞으로 밀어 넣는 장치인 회전식 후크(rotary hook)까지 달린 완벽한 재봉틀을 발명했다.

그러나 이를 조선이나 그 어디에서도 생산치 않았다. 단지 시제품 두 대를 만들어 각각 유럽과 미국에 특허출원만 해놓았을 뿐이었다. 이는 재봉틀 발명의 역사와 무관치 않은 데다, 당시 바늘조차 제대로 만들지 못하는 조선의 기술 수준으로는 대량생산해 보급할 처지가 아니었기 때문이었다.

사실 최초의 실용적인 재봉틀은 프랑스의 재단사인 시모니(Thimonnier)가 1829년에 한 가닥의 실로 바느질을 하는 기계를 만들었고 이듬해에 특허를 받았다. 시모니의 재봉틀은 수평으로 된 봉에 바늘이 연결되어 있는 구조를 가지고 있었는데, 수작업보다 5배 이상 빠른 속도로 바느질을 할 수 있었다.

시모니는 1830년에 프랑스 육군에게 군복을 납품하는 계약을 체결한 후 세계 최초의 기계식 재봉 공장을 세웠다. 그로부터 10년 뒤에는 80대의 재봉틀을 갖출 정도로 시모니의 사업은 크게 번창했다.

그러나 당시의 재봉사들은 자신들의 생계가 위기에 처하자 시모니의 공장에 불을 지르고 시모니에게 집단적인 폭력을 가하기도 했다. 결국 1841년에 시모니의 공장은 파국을 맞이하고 말았다.

또 오늘날과 같이 두 가닥의 실로 바느질을 하는 재봉틀을 개발한 사람은 미국의 기술자인 일라이어스 하우(Elias Howe)였다. 하우가 주목한 것은 바늘구멍의 위치였다. 보통 바늘은 실을 꿰는 구멍이 뒤쪽에 있는데, 앞쪽에 구멍을 내면 어떨까 생각했던 것이다.

이러한 아이디어를 바탕으로 하우는 앞쪽 바늘구멍에 실을 꿰어 윗실과 밑실로 겹 바느질을 할 수 있는 방법을 찾아냈다. 그는 친구로부터 돈을 빌려 시제품을 만든 후 1846년에 재봉틀에 대한 특허를 받아냈다.

그러나 하우도 시모니와 마찬가지로 커다란 반발에 부딪혔다. 하우가 보스턴의 양복점 주인들에게 자신의 재봉틀을 보여주자, 그들은 '이 기계가 양복값을 떨어뜨리고 결국 양복점을 망하게 할 것'이라는 반응을 보였다. 갱단을 시켜 하우의 목숨을 협박하고 재봉틀을 파괴하는 사태도 일어났다.

위에 기술한 것이 원역사이고 병호가 완벽한 재봉틀을 발명해 유럽과 미국에 특허를 낸 시점은 1845년으로 유럽의 시모니보다는 늦었지만 미국의 하우보다는 빨랐다.

비록 병호가 유럽에서 시작은 늦었지만 겹 바느질이라든가, 발로 하는 구동장치, 여기에 후크까지 완벽한 재봉틀이었기에 유럽에서도 특허등록이 되었고, 미국은 말할 것도 없었다.

그런데 글린이 재봉틀을 알고 있다는 것은 미국에 문제가 생겼다는 방증이었다. 이에 놀란 병호가 다급히 물었다.

"혹시 미국에서 재봉틀이 생산되고 있는 것 아니오?"

"보편화되지는 않았지만 일부 생산이 되어 판매되고 있습니다."

"그러면 안 되지. 우리가 특허를 내놓은 것을 무단 생산해 판매하다니 도둑놈들 아니오?"

"특허를 낸 일이 있었습니까?"

"물론이오."

"흐흠! 그런데 문제가 좀 있는 것 아니오? 내가 알기로 조선은 특허제도가 아직 도입되지 않는 것으로 아는데, 어찌 미국만 일방적으로 보호를 해주어야 하오."

날카로운 글린의 반격에 멈칫한 병호였지만 임기응변의 기지를 발휘하지 않을 수 없었다.

"우리도 그 제도를 도입하려고 법률 제정 작업을 서두르고 있소."

"그렇다면 다행입니다만. 재봉틀 문제는 알아서 하시고, 우리의 면사를 들여다 옷감으로 가공하는 문제 역시 추후 협의하는 것으로 하죠. 이것이 개별 기업 사안인 데다, 이에 대해 제가 바로 답할 위치도 못되기 때문입니다."

"알았소."

수긍한 병호는 바로 배석해 있는 외무대신 이상적에게 그 자리에서 지시를 내렸다.

"이 회의가 끝나는 대로 바로 미국은 물론 유럽의 재봉틀에 대해 알아보시오. 우리의 특허가 부당하게 침해받고 있는 것은 아닌지, 이를 중점적으로 살펴보란 말이오."

"알겠습니다. 각하!"

이후 병호는 글린과 좀 더 대화를 나누었지만 크게 중요한 사항은 없었다. 아무튼 그를 내보내고 병호는 깊은 생각에 잠겼다.

재봉틀은 국가적, 거시적 안목으로 보면 크게 중요한 사안이 아니었다. 그래서 병호는 그 문제는 일단 이상적 등 각국 대사관에게 맡기기로 하고, 미국의 수교 문제에 대해 생각을 집중했다.

그 결과 미국이 조선을 저탄소 기지로 활용 방안 때문에 적극 접근하는 것으로 보고, 또 일본도 그런 면에서 접근을 필요로 하는 것을 보고, 저들로 보면 조선보다 더 가까운 곳에 석탄 산지를 생각하다 보니, 사할린에 대해 생각이 미쳤다.

사할린과 홋카이도는 저들이 생각하는 포경 산업 기지로써의 중요성뿐만 아니라, 석탄을 비롯해 미래 자원인 석유까지 많이 매장되어 있는 곳으로, 현재는 러시아와 일본 막부하의 마츠마에 번(藩)이 진출해 있었지만, 양국이 국경을 정한 것도 아니니 확실히 어느 나라 영토라고 할 수도 없었다.

그러나 시간이 지나면 문제가 달라질 것이 확실하기 때문에, 애초부터 이 지역 점령 계획을 세우고 있던 것을 더욱 앞당길 것을 결심했다. 물론 두 곳을 대한제국이 점령하면 러시아와 일본의 반발이 예상되지만 병호는 크게 개의치 않고 있었다.

두 나라 모두 언젠가는 한 번쯤 손봐줄 나라로 내심 생각하고 있었기 때문이었다.

벌써 10월. 양력으로는 11월쯤 되는 날씨니 사할린 같은 곳은 큰 눈이 내렸을 수도 있다는 생각이 들었다. 준비를 하다 보면 금방 혹한이 닥쳐올 것이고, 한겨울이면 바다도 어는 혹한에 군을 낸다는 것은 여러모로 좋지 않다는 생각이 들었다. 이에 병호는 사할린 침공을 명년 봄으로 미루었다.

그런 1850년 겨울, 청국의 남방에서는 원역사대로 태평천국의 난이 발발했다. 여기에 원역사와 다른 점은 병호의 암중비호를 받는 염호 세력 즉 염군(鹽軍)이 알게 모르게 태평천국의 세력에 끼어들어 함께 발호하고 있다는 점이었다.

이런 속에 해가 바뀌어 1851년 하고도 3월 달이 되었다. 이때가 되어서야 대한제국은 미국과 정식으로 통상조약을 체결하고 대사급 외교 관계를 수립했다.

이 과정에서 조선이 요구한 미국의 일본에 대한 불간섭 조항은 미국의 강경한 주장에 의해 받아들여지지 않았다. 대신 만약 미국이 군사력에 의한 일본의 강제 개항 등, 일련의 일본과의 관계 개선을 추구할 때는, 사전에 대한제국과 협의해야 한다는 조항을 양국 통상조약에 포함시켰다.

그리고 재봉틀 건은 병호의 예상대로 하우가 설립한 회사가 무단으로 재봉틀을 생산 판매하고 있었다. 이에 그들의 사법기관에 재판을 건 결과 명백한 특허침해로 판단되어, 그들 회사는 한 대를 생산 판매할 때마다 5달러의 특허료를 지불하라는 확정판결을 받았다.

이렇게 되니 병호가 계획한 조선 여성을 이용한 옷감 가공 수출 계획에 일정 부분 타격이 불가피했다. 하지만 병호는 이에 굴하지 않고 대사관을 통해 물색한 미국의 면화 수출 업체인 싱 앤 컴퍼니(Sing & Company)와 손잡고, 아예 방직, 방적 및 옷감 제작 공장을 일괄 대한제국 10도에 설립하도록 했다.

그러기 위해서는 재봉틀도 만들어야 하고, 방직기와 방적기도 들여와야 했다. 이에 병호는 이 분야에서는 영국 못지않은 우수한 품질의 방직 방적기를 생산하고 있는 네덜란드산 제품을 수입토록 했다.

재봉틀도 그간 발전한 부품 소재 산업에 힘입어 각각 표준화된 부품을 제작, 이를 조립함으로써 대량생산 체제의 길을 열도록 했다. 이를 통해 병호가 궁극적으로 노리는 것이 있었다.

곧 조혼 풍습을 없애겠다는 것이다. 남자들은 이제 16에서 18세까지 군 복무를 하는 바람에 점차 군을 제대한 사람을 신랑감으로 선호하고 있는 추세와 무관치 않았다.

어느 부모든 심정은 같은 것이다. 혼인을 하고 딸이 신랑과 3년을 떨어져 살기를 바라는 친정 부모는 없다. 여기에 계속되는 나라의 확장 정책 때문에 언제 전쟁에 투입되어 목숨을 잃을 지도 모른다.

그러니 군을 제대해 떨어져 살 필요도 없고 과부될 위험도 없는 신랑감을 선호하는 것은 당연지사였다. 그런 데다 조선 처녀들이 방직 방적, 옷감 공장에 다녀 손수 혼수라도 장만해 가는 풍습이 생긴다면 자연적으로 여자들의 결혼 적령기도 올라갈 것이다.

우생학적으로도 조혼은 좋지 않다는 생각에 병호는 이를 적극 추진토록 내각에 지시했다. 이런 가운데 연해 지방과 사할린 섬 사이에 위치해, 가장 가까운 곳은 7㎞밖에 안되어, 바다가 얼어붙는 혹한에는 도보로도 건널 수 있는 타타르해협(Tatar 海峽)도, 조각조각의 얼음을 남쪽 바다로 흘려보내고 있었다.

때가 되었다 판단한 병호는 내각에 통보하고 해군 사령관 신헌과 수행원 및 경호 병력을 데리고 해삼위로 출발했다. 이 일행에 특이하게도 대한제국의 지도를 제작하고 있는 김정호도 동행을 해 눈길을 끌었다.

물론 사할린과 북해도를 점령하면 그곳도 대한제국에 편입시켜 지도를 만들기 위함은 당연했다. 아무튼 해삼위 시청 자신의 집무실에 든 병호는 곧, 해병 2만을 양성하라 지시한 박명우 연해주 방면 사령관을 호출토록 했다.

머지않아 그가 도착했는데 혼자가 아니었다. 백인을 하나 데리고 나타난 것이다. 의외라 병호는 나타난 청년을 자세히 살폈다. 눈이 깊고 코가 오뚝하며 얼굴의 윤곽이 오목조목 또렷했다. 눈썹의 길이도 매우 길고 쌍꺼풀 눈에, 얼굴에 털도 많았다. 그러나 백인과는 뭔가 근본적으로 생김이 달라보였다.

그래서 병호가 박명우에게 물었다.

"누구요?"

"통역입니다."

"통역?"

병호가 의아한 표정을 짓자 박명우가 설명을 했다.

"마치 백인처럼 보이지만 실제 백인은 아니고 아이누(Ainu)라고, 사할린 섬이나 북해도(北海道: 홋카이도)에 사는 종족입니다."

"그런데 어찌 통역이 될 수 있었소?"

"원래 이 청년은 북해도에 살며 사할린은 물론 연해주 일대까지 장사를 하는 청년이었으나, 해삼위 공장에 다니는 청년들의 수입이 자신보다 높은 것을 보고, 공장에 취업해 다니는 것을, 그곳 공장장의 소개로 금번에 통역으로 뽑은 것입니다."

"잘했군요."

칭찬한 병호가 궁금한 사항을 물었다.

"해병대 병력은 양성하셨소?"

"네, 각하! 각하의 지시대로 2만을 양성하여 언제든 명령만 내리시면 출전할 수 있도록 만반의 준비를 갖추어놓았습니다."

"잘하셨소."

거듭 칭찬한 병호는 배석한 해군사령관 신헌을 보고 물었다.

"전함은 충분히 준비되었겠지요?"

"네, 각하! 언제든 명령만 내리십시오."

신헌에게도 사전에 사할린 및 북해도 침공 계획을 알려주고 준비를 하라 지시한바 있었기 때문에, 그는 이에 대비해 벌써 해군을 해삼위에 상당 부분 전개시켜 놓고 있었다.

"모레 출전하는 것으로 하되, 우선 지명부터 통일시킵시다. 현 사할린을 북해북도(北海北道)라 명명하고, 일본말로 홋카이도는 북해남도(北海南道)라 합시다. 당연히 전체는 통틀어 북해도(北海道)라 하고. 알겠지요?"

"네! 각하!"

"좋소! 이 북해도를 점령함에 앞서 두 분이 명심할 사항이 하나 있소."

이렇게 운을 뗀 병호가 두 사령관을 바라보며 말했다.

"그곳에 사는 고유 종족에 대한 건으로 절대 그들을 대한제국에 강제 편입시키려 서둘지 말라는 것이오. 기존 그들의 자치권을 존중해 주고 그들이 기존 향유하고 있는 어업, 수렵, 삼림, 여타 농경지 등에 대해서는 절대적으로 그 권익을 보장해 주어야 하오. 단지 우리는 이들을 외부의 침략자로부터 안전하게 지켜줄 것. 해서 이들이 우리의 선진 문물을 받아들여 하나씩 동화된다면 몰라도, 그전에는 강제하여 편입하는 일이 없도록 하시오. 우리가 진정으로 필요로 하는 것은, 그들의 자발적인 참여와 그곳에 매장된 석탄과 석유를 비롯한 천연가스 등의 자원이니 말이오. 알겠지요?"

"네, 각하! 헌데 석유나 천연가스라 하심은?"

박명우의 물음에 병호가 짧게 답했다.

"미래의 자원이오."

아무튼 병호가 두 사령관에게 그런 지시를 내린 배경에는 일본의 이들에 대한 탄압이 반발 심리로 작용한 면도 무시할 수 없을 것이다. 지금은 아이누를 비롯한 이곳 토착 종족의

씨가 말랐을 정도로 그들은 명치유신 이후 이들에 대한 대대적인 탄압 정책을 폈기 때문이었다.

* * *

1851년 3월 15일.

기선과 프리깃 범장 전함 50척으로 구성된 대한제국의 해군 전단이 2만 해병을 싣고 북해북도를 향해 출발했다.

이 전단에는 두 사령관의 만류에도 불구하고 병호도 승선했으며 새로 또 합류한 사람들이 있으니 현 아오지탄전 사장 지동만 전 덕대 일행이었다. 이들 역시 병호의 사전 지시에 의해 점령지의 탄전을 찾기 위해 승선한 것이다.

아무튼 타타르해협으로 항진한 오십 척의 전함은 그곳에 도착하자 해병 5천 명을 먼저 상륙시켰다. 그러니까 이들은 섬 서쪽 연안을 따라 남쪽으로 내려가며 저항하는 러시아 인이 있으면 토벌을 할 것이다.

물론 기존 종족도 저항을 하면 토벌 대상이나 그렇지 않으면 내버려 두라 했다. 아무튼 서부 해안에 5천 명을 떨어뜨린 전단은 북쪽으로 거슬러 올라가 그곳에 1만 명을 다시 상륙시키고, 나머지 5천 해병은 동쪽 해안을 따라 남진시킬 요량으로 계속 승선해 있었다.

이런 속에서 병호는 중앙군 1만에 속해 내륙 중앙 지역을 파고들며 남진하기 시작했다. 중부는 낙엽송과 가문비나무 등이 주종을 이루는 대부분이 삼림지대로 골짜기와 능선을 넘어 남진을 계속했다.

그러다 간혹 분지에 집단 촌락을 이루며 살고 있는 아이누들을 발견하기도 했다. 이들은 대규모 군의 진주에 경계심을 드러내기는 했지만 저항할 엄두는 내지 못했다.

그런 그들의 생활상을 살펴보니 이들은 주로 수렵과 임산물 채취로 생활하고 있었다. 피(稗), 조(粟), 기장 등의 일부 곡물을 재배하기도 했고, 백합과 식물의 둥근 뿌리를 전분으로 만들어 발효시켜 먹고 있었다.

또 이들은 사냥을 해서 얻은 곰이나 사슴 고기 등을 건조시킨 뒤 보관해 먹고 있었고, 낚시를 하여 잡은 물고기, 특히 연어가 이들의 중요 식량 자원 중 하나였다. 훈제된 연어는 일본에서 건너온 화인(和人)이나 러시아인들과의 주요 교역품이라 했다.

이런 속에서 남진이 계속되었으나 화인이나 러시아인은 거의 눈에 띄지 않았다. 장사를 위해 돌아다니던 일부 러시아인들을 보긴 했으나 집단 부락은 발견하지 못했다.

그러다 이들이 대규모 러시아인 집단 촌락을 발견한 것은 전나무가 점점 많아지는 가운데, 서사할린 산맥과 동사할린 산맥의 사이 길쭉하게 자리 잡은 남부 평야지대에서였다.

아니 그들보다 해안으로 진주한 조선군 해병을 먼저 발견하게 되었다. 이때는 병호 일행이 이 섬에 들어온 지 석 달이 훌쩍 지난 시점으로, 공기 중에 점점 습기가 많아지고 있을 무렵이었다.

아무튼 서부 군을 지휘했던 박명우 사령관을 만난 병호는 그로부터 이곳의 실태를 제대로 보고받을 수 있었다. 이들이 이곳에 발을 들인 것은 한 달 전으로, 이들이 이곳에 도착해 보니, 세 군데에 러시아인 집단 촌락이 조성되어 있었다고 했다.

한 곳당 대략 400명 내외로 두 군데는 러시아에서 유배형(流配刑)을 당한 인물과 이들을 지키는 군대였다는 것이다. 또 한 곳은 그전부터 이곳에 살며 토착 종족이나 화인들과 장사를 하던 부류가 이룬 촌락이었다고 말했다.

아무튼 러시아 정부는 이 먼 곳까지 자발적으로는 이민 올 사람이 없다고 판단했기 때문에, 이곳을 자신의 영토로 삼기 위해 유형자들을 이곳에 보냈다는 것이다.

그것도 작년부터 시행한 정책으로 두 차례의 죄수들이 이미 보내져 있었고, 앞으로도 해마다 200~300명에 이르는 유형자들을 보낼 예정이라는 말도 들었다 했다.

또 이곳에 거의 화인을 찾아볼 수 없는 것은 막부(幕府)가

국방의 필요를 내세워, 1803년 이투루프(Iturup, 擇捉島)와 우루프(Urup, 得撫島) 섬 이북의 이동을 금했기 때문이라는 말도 했다.

박명우의 개략적인 설명이 끝나자 병호는 가장 궁금한 사항을 물었다.

"러시아 놈들과 교전은 없었소?"

"웬걸요? 최초 아군 선발대 100명과 러시아군 사이에 교전이 벌어졌지요."

"그래서?"

"아군과 조우한 러시아 병력도 100명 정도였기에 저들로서는 최소한 대등한 싸움을 할 줄 알고 덤벼들었겠지요. 그러나 저들과 우리의 화력이 비교 불가이니 금방 러시아군 30명이 사살되자, 적들이 바로 항복하는 바람에 싱겁게 전투가 끝났다 합니다. 자세한 전말을 듣고 싶으면 당시 전투에 임한 중대장을 한번 만나보시죠."

"좋소. 불러오시오."

"네, 각하!"

머지않아 삼십 대 후반의 무인답게 생긴 자가 불려와 병호를 보자마자 부동자세로 거수경례를 행하며 자신을 소개했다.

"충성! 해병 제5여단 제1대대 1중대장 대위 양헌수(梁憲洙), 장관님의 부름 받고 달려왔습니다. 충성!"

"양헌수?"

"네, 각하!"

병호의 물음에 한쪽에 서 있던 박명우가 답했다.

"전 조선 무과 급제자 출신으로 신병 훈련에 다시 임해 장교 보직을 받은 자입니다."

"혹시 자네 이항로(李恒老) 문하인가?"

"네, 그렇습니다. 각하!"

"허허, 이런 일이……!"

이 사람이야말로 원역사에서 강화도 정족산성에서 프랑스군을 격파한 그 인물이 아닌가. 병호는 그 인물이 확실히 맞는지 확인하기 위해 재차 질문을 던졌다.

"면암(勉菴) 최익현(崔益鉉)을 아는가?"

병호의 물음에 양헌수가 깜짝 놀라 답했다.

"동문 사제입니다, 각하!"

급히 대답하기는 했지만 의문이 아닐 수 없었다. 이제 19세밖에 안 되었고 그렇다고 벼슬을 한 것도 아닌, 그야말로 백면서생을 부총리쯤 되는 인물이 알고 있다는 것이, 그를 더욱 놀랍고 의혹에 사로잡히게 한 것이다.

그렇다고 대놓고 묻기에는 둘 사이의 계급 격차가 너무 엄청나 속으로 끙끙거리고 있는데 병호가 말했다.

"금번에 소공(小功)을 이뤘다고 자만하지 말고, 더욱 정진하기 바라네. 내 유심히 지켜볼 것이야."

"감사합니다. 각하!"

원역사에서 이미 뛰어난 전술이 증명된 무재(武才)이나 교만해질까봐 충고를 아끼지 않은 병호가 다시 물었다.

"러시아군과 어떻게 싸웠는지 당시 상황을 자세히 말해보시게."

"네, 각하!"

일단 답한 양헌수가 생각을 가다듬더니 재차 입을 열었다.

"백 명쯤을 거느린 러시아 장교와 마주쳐 서로 옥신각신하다가 바로 교전이 벌어졌습니다. 저는 그에게 이곳에서 철수할 것을 주장했고, 그 역시 이곳은 자기네 땅이니 우리보고 떠날 것을 주장하니, 의견이 합치될 리가 없었던 것이죠."

"그래서?"

병호의 추임새에 양헌수의 말이 더욱 빨라졌다.

"곧 교전이 벌어졌는데 그들은 초탄을 발사하는 데도 엄청난 시간이 걸렸고, 게다가 그들은 모두 서서쏴 자세를 취했습니다. 그 반면에 아군은 모두 엎드려쏴 자세로, 바로바로 연발사격을 가하니 순식간에 적군 30명이 쓰러졌습니다. 이에 당황한 적 장교는 더 이상 생각할 것도 없다는 듯 두 손을 번쩍 치켜들고 항복을 했습니다. 그 바람에 양군의 교전은 싱겁게 끝나고 말았습니다. 그 후는 사령관 각하께서 아시는 그대로

입니다."

"장교 이하 나머지 러시아 병사들을 포로로 잡았는가?"

"그렇습니다. 각하!"

대답은 양헌수가 아닌 사령관 박명우가 했다.

"그들을 앞세운 소장(小將)은 바로 다른 촌락을 찾아 러시아 장교를 그들 군영 안으로 들여보냈습니다. 그 결과 그들 또한 바로 항복을 하는 바람에 양 진영 간에 더 이상의 교전은 없었습니다.

"항복한 러시아 장교가 우리의 병력이 대규모임과 화력의 우세를 열심히 떠벌렸겠군."

"소장 역시 그렇게 추측하고 있습니다. 각하!"

"좋소! 양 대위는 부대 위치로 돌아가고, 앞으로의 일을 논해봅시다."

"충성!"

병호의 말이 떨어지자 중대장 양헌수가 곧 거수경례를 행하고 자신의 부대 위치로 돌아갔다.

곧 동부 해안 방면을 지휘했던 해군사령관 신헌까지 합류해 세 사람은 머리를 맞대고 앞으로의 작전을 짰다. 그 결과 이곳에 5천 명의 해병만을 주둔시켜 기존 러시아인 및 원주민을 관리하고, 나머지는 다시 전함에 승선해 현 홋카이도 남부부터 공략하기로 했다.

아무래도 홋카이도의 원주민과 교역권을 갖고 있는 등 상당한 영향력을 행사하고 있지만, 완전 지배는 실현시키고 있지 못한 작금의 마츠마에(松前) 번이라면, 그들의 근거지와 가까운 남부에 병력을 집중시키고 있을 것 같았기 때문이었다.

일단 이렇게 결론이 내려지자 병호는 신속히 병력을 전개해 이틀이 지난 시점에는 홋카이도(北海道) 최남단에 있는 항구도시이자, 소읍성인 하코다테(箱館: 훗날 函館로 개칭) 만에 도착할 수 있었다.

쓰가루(津輕)해협을 사이에 두고 일본 본토와 마주보고 있는 이곳을, 천리경을 개량한 쌍안경으로 병호가 살펴보니, 예상대로 하코다테 산기슭에 상당한 군부대 주둔지가 보였다.

이에 병호가 더욱 자세히 살펴보니 성곽이 축조되어 있는 것은 물론, 바다 쪽을 향해 7기의 포대와 25문의 대포까지 갖추고 있는 것이 아닌가. 이에 눈을 뗀 병호가 곁에 있는 해군사령관 신헌에게 물었다.

"산기슭의 포대까지 함포 공격이 가능하겠소?"

병호의 물음에 신헌이 자신의 망원경으로 적정을 상세히 관찰하더니 답했다.

"우리 대포의 성능이 최대 4마장까지 나가나 유효사거리는 2마장을 조금 넘습니다. 따라서 현재로서는 유효 사거리에 아슬아슬하게 걸치거나 벗어날 것 같습니다. 각하!"

“좋소! 하면 최대한 해안 가까이 접근해 발사하는 것으로 해봅시다.”

“알겠습니다. 각하!”

답한 신헌이 곧 수기로 전 전선을 통제하기 시작했다. 그러자 기선 10척이 최대한 해안에 접근하더니 적 포대를 향해 측면으로 선체를 고정시켰다.

이 모든 준비가 끝나자 신헌이 드디어 포격 개시 명령을 내렸다.

“방포!”

“방포!”

곧 예하 지휘관의 복창에 이은 공격을 상징하는 붉은 기가 선상에 게양되자 아군 전함들이 일제히 적진을 향해 불을 뿜기 시작했다.

쾅 쾅 쾅……!

우르릉 쾅쾅쾅……!

그러나 쌍안경으로 적의 포대를 관찰하고 있던 병호로서는 실망을 금치 못했다. 10척 160발의 포탄 중 초탄에 적 포대를 명중시킨 것은 단 한 발도 없었기 때문이었다.

거리에 못 미치거나 어떤 것은 포대를 지나쳐 후미 부속 건물을 명중시켜 크게 화염이 일게 했지만, 포대는 아무런 피해 없이 멀쩡했기 때문이었다. 아니 그 결과 적들만 경동시켜 일부 경계 병력만 배치되어 있던 포대에 적들만 배치시키는 꼴이 되었다.

그러나 장전이 되는대로 다시 발사한 2탄부터는 결과가 달라지기 시작했다. 초탄 발사 이후 포가(砲架)를 조정해 목표물을 재조준한 대포 중 일부가 적 포대를 명중시켜 부근 일대를 초토화시키기 시작한 것이다.

쾅 쾅 쾅……!

우르릉 쾅쾅쾅……!

3차, 4차 연속되는 아군의 함포 공격에 적의 포대가 차례로 초토화되기 시작했다. 그에 따라 적은 미처 초탄 한 번 발사해 보지 못하고 무기력하게 속속 무너지고 있었다.

그렇게 약 일각의 포격이 진행되자 적 포대는 물론 주변 일대 건물이 한 채도 멀쩡한 것이 없을 정도로 속속 포격에 반파 완파되거나 불길에 휩싸였다. 게다가 어느 건물은 아예 형체조차 찾을 수 없을 정도로 잿더미로 변한 것도 있었다.

이렇게 되자 병호는 곧 후속 공격 명령을 내렸다. 즉 함포 공격을 멈추게 하고 해병대원을 투입하도록 지시한 것이다. 이에 벌써 해안에 상륙해 최종 공격 명령만 떨어지길 기다리던 1만 해병이 신속히 적진을 향해 달려가기 시작했다.

이 모습을 유심히 지켜보고 있던 병호가 신헌에게 색다른 주문을 했다.

"이동탄막전술(移動彈幕戰術)'을 한번 시험해 보시오."

"네, 각하!"

곧 명을 받은 신헌이 예하 지휘관하게 지시를 하자 황색과 청색기가 번갈아 게양대를 오르내리기 시작했다. 그러자 공격을 감행하는 해병부대의 200미터 전방에 아군 함선에서 발사하는 포탄이 떨어지기 시작했다.

뿐만 아니었다. 아군의 전진 속도에 맞추어 형성된 탄막 역시 계속 앞으로 이동하며 전진하는 해병대원들을 지원하고 있었다.

이것이야말로 훗날 독일의 한 장성에 의해 출현하는 '보포(步砲) 합동전술'의 시현이었다. 계속적으로 탄막을 형성해 전진하는 보병을 지원하고, 전진 속도에 비례해 탄막의 사거리를 늘려가는 일종의 보병과 포병의 합동전술이었던 것이다.

이는 청의 인해전술 공격에 대비한 전술로 아군의 함정은 물론 포병 역시 교육받은 사항 중 하나였다. 아무튼 산발적으로 가끔 총성을 한 방씩 울리는 적에게 쓰기에는 너무 고급 전술을 시험해 가며, 아군은 전진에 전진을 거듭해 마침내 적 주둔지 내로 돌입하기 시작했다.

곧 함포의 공격도 그친 속에서 해병대원들의 총구가 불을 뿜기 시작하는 것으로 보아, 적진에도 그나마 생명이 붙어 있는 자가 있긴 있는 모양이었다. 그러나 총성도 채 3분을 넘지 못하고 이제는 간헐적인 총성만 들려왔다.

그것도 채 일각이 지나지 않아 뜸하게 들려오던 총성도 완전히 멎은 것을 보니 적을 완전히 제압한 모양이었다. 이에 병호는 더 볼 것 없다는 듯이 자신의 선실로 향하며, 함께 서 있던 박명우 사령관까지 함께 갈 것을 청했다.

곧 자신의 선실로 들어와 신헌과 박명우가 자리를 잡자 병호가 말했다.

"앞으로 1만5천 해병을 모조리 투입해 이 북해도를 완전 점령하는 동안, 해군사령관께서는 나와 함께 다시 해삼위로 돌아가 연해도 방면에 배치된 육군 중, 2만을 선발해 이곳 북해도 해병대원들과 완전 교체하시오."

"어디 다른 곳에 투입할 곳이라도 있습니까?"

박명우의 물음에 병호가 곧장 답했다.

"옳게 보셨소. 나는 2만 해병을 저 멀리 태평양상에 떠 있는 마셜 군도와 하와이제도에 투입할 예정이오."

멍한 표정의 두 사람에게 병호의 말이 이어졌다.

"내가 알기로 두 섬은 아직 원주민 왕조 외에 서양이나 미국이 점령해 지배하지 않고 있소. 그러나 이곳이 매우 중요한 곳이 될 것이오. 왜냐하면 날이 갈수록 세력이 강성해지는 미국인지라, 그에 대한 대비를 하지 않을 수 없기 때문이오."

그래도 두 사람이 완전히 이해를 못한 표정인지라 병호가 자세하게 추가 설명을 시작했다.

"하와이 및 마셜 군도에도 기존 왕조가 있을 것이오. 하지만 지금부터는 미국을 비롯한 양이 세력이 들어와 한창 사탕수수 농장을 일구기 시작했을 것이오. 그러니까 내말은 서양이나 미국의 다른 세력이 이곳을 차지하기 전에 완전한 우리의 영토로 만들어놓고 기회를 보자는 것입니다. 내가 예상컨대 미국은 10년 내로 남북으로 갈려 자체적으로 큰 전쟁을 치를 것 같소. 왜냐하면 미국 남부는 면화 산업이 주산업인데 이는 농법상 대규모 노예를 필요로 하오. 그러나 공업이 발달한 북부에서는 노예가 크게 필요치 않아 인도적 견지에서 노예해방을 외치는 자들이 등장할 것이고, 이는 결과론적으로 남과 북의 대전쟁으로 발전할 개연성이 농후하오. 따라서 이 기회에 우리는 미국에 간섭할 수 있는 지리적 토양을 미리 가꾸어놓을 필요성이 있어, 서둘러 그곳을 점령하려는 것이오. 이해들 하시겠소?"

"네, 각하!"

"각하의 혜안이 한 번도 빗나간 적이 없으니 이번에도 꼭 성공해 각하의 뜻에 부응하도록 하겠습니다."

오랜 세월을 함께 생활하며 병호의 예언에 가까운 말이 한 번도 빗나간 적이 없는 것을, 수차례 경험한 신헌의 아첨에 가까운 말이, 같은 처지의 박명우에게는 전혀 아첨으로 들리지 않았다.

*　　　*　　　*

이튿날.

만약에 대비해 범장선 10척만 남겨놓고 병호와 해군은 다시 해삼위로 떠났다. 그리고 사흘의 항해 끝에 해삼위에 도착하자 병호는 제반 일은 신헌에게 맡겨놓고 자신은 해삼위 해군의 호위 속에 한양으로 향했다.

이때는 7월 중순으로 더위도 한풀 꺾이고 조석으로 시원한 바람이 불어오기 시작할 무렵이었다. 곧 중앙 정무에 임한 병호는 곧 북해도 전투 결과를 보고함은 물론 하와이 파병까지도 내각에 보고했다.

그리고 열심히 대한제국의 국방과 개혁을 진두지휘하고 있는데, 2개월이 흐른 시점이 되자 병호가 예상한 일이 벌어지기 시작했다. 즉 일본 막부에서 파견한 항의 사절단이 도착한 것이다.

통상 다른 사안 같았으면 대마도 도주를 통한 항의를 표시해 왔겠지만, 워낙 사안이 중대하다 보니 막부에서 직접 사절을 파견한 것이다. 아무튼 그 사절단의 단장으로는 마츠마에 타카히로(松前崇廣)라는 인물이 선임되어 왔다.

이름에서 알 수 있듯 그야말로 현 마츠마에 번의 당주로서 막부에서도 영향력이 막강한 오로(五老) 중의 한 명이었다. 또한 1만석에 불과했던 번의 석고가 3만석으로 성장할 정도로 번을 발전시킨 유능한 인물이기도 했다.

아무튼 먼저 황제를 예방하는 것으로 예를 표한 그들은 곧장 총리의 면담을 요구해 왔다. 이에 김좌근은 신병을 핑계로 그들을 면담치 않고 부총리에게 일임시켜 버렸다.

병호로서는 자신이 저질러 놓은 일이기도 해서 피할 처지가 아니었고, 피할 그도 아니었기에 그는 바로 그들의 면담을 수락하고, 자신의 집무실에서 일행과 대좌하게 되었다.

병호는 일본 사절단의 면담 승낙 과정에서 인원도 제한을 했다. 통역 포함하여 3인 이하로. 괜히 개나 소나 중요치 않은 인물들과 다 만나기도 싫었고, 여러 사람이 참여할수록 대화가 산만해질 수 있음을 경계한 것이다.

그렇게 해서 자신도 외무대신 이상적과 통역으로, 이제 일본어까지 능숙한 오경석만을 배석시킨 채 그들과 마주하게 되었다. 먼저 사절단의 대표인 마츠마에 타카히로(松前崇廣)가 인사말을 했다.

"만남을 허락해 주셔서 감사합니다."

의외의 정중한 인사에 병호는 40대 후반의 후덕한 인상의 타카히로를 지그시 바라보다 입을 떼었다.

"나는 번잡한 예절을 아주 싫어하는 사람입니다. 바로 본론으로 들어갑시다."

병호의 말에 타카히로의 표정이 살짝 구겨졌다. 그러나 곧 냉정을 회복한 그가 말했다.

"아시는지 모르겠지만 우리 마츠마에 번(藩)은 1604년부터 막부(幕府)에게서 아이누와의 독점적 교역권을 인정받아 왔습니다."

"그 말은 화인(和人) 상인들과 연합하여 아이누들을 경제적으로 수탈하여 왔다는 말이겠지요?"

병호의 반격에 잠시 멈칫했던 타카히로가 전열을 가다듬고(?) 재반격에 나섰다.

"1800년도 이래로 우리는 아이누를 비롯한 원주민을 계속 개속(改俗)시켜, 인별장(人別帳)에 기입시키는 등 영민(領民)으로 대우한바, 이는 홋카이도 전체가 우리의 영토임을 증명하는 일입니다. 그런데 조선이 하루아침에 군대를 동원해 점거한다는 것은 매우 부당한 일로 일본을 침략한 것과 마찬가지의 행위입니다."

이에 대해 병호가 답변을 했다.

"당신들이 아이누 및 원주민에게 개속이라는 명목으로 일본어의 사용과 일본 풍속을 따를 것 등을 강제하는 등 동화정책을 실시한 결과는 어떻습니까? 그들이 두 번에 걸쳐 큰 저항을 하지 않았습니까? 하지만 당신들은 이를 무력으로 진압해, 근자 아군의 보고에 따르면 홋카이도 남부 일부만 지배해 온 것으로 알고 있습니다. 이는 홋카이도 전체를 당신들이 지배했다는 것과 명백히 다르고, 또 우리는 아이누를 비롯한 원주민의 청원을 이루어준 것에 불과하니, 당신들은 더더욱 홋카이도에 대한 영유권을 주장해서는 안 됩니다."

"아이누를 비롯한 원주민의 청원이라니 그게 무슨 말씀입니까?"

"그들이 대표를 뽑아 우리 조선에, 일본을 물리쳐 자치권을 행사할 수 있도록 해달라는 청을 해왔다는 말입니다."

이 말은 일본의 주장에 대해 반박 논리로 병호가 사전에 생각해 둔 것으로 사실은 아니었다.

"믿을 수 없습니다. 그 미개한 종족들이……."

"더 이상 쓸데없는 소리 마오. 우리는 그들의 자치권을 존중해 줄 것이고, 또한 일본이 그들을 부당하게 간섭하는 것을 더 이상 두고 볼 수도 없으니, 나머지는 일본이 알아서 하시오."

병호의 말에 타카히로가 흥분해 씩씩 콧김을 뿜으며 외쳤다.

"양국 간에 전쟁이 벌어져도 좋다는 말입니까?"

"허허, 그것 참! 당신들이 우리 대한제국에 대해 얼마나 알고 있는지 몰라도, 우리를 옛날의 조선으로 생각했다면 경을 쳐도 단단히 칠 것이니, 전쟁을 하고 싶으면 어디 해봅시다."

"흥! 정말……!"

"잠깐만!"

병호의 거침없는 대답에 더욱 흥분한 타카히로가 콧방귀를 뀌며 막 무어라 할 때 제지하고 나서는 인물이 있었다.

함께 왔지만 지금까지 말이 없던 삼십이 되었을까 말까한 젊은이였다.

"노중(老中)께서는 잠시 참으시죠."

이 말에 다카히로가 심호흡을 깊게 하는데 그가 말했다. 아니, 물었다.

"듣기에 조선의 해군력이 서양의 해군력보다 더 막강하다는 것 같던데, 그게 사실입니까?"

"무례하다. 질문을 하려면 자신의 소개부터 밝히는 것이 예의 아닌가?"

병호가 상대의 기를 죽이기 위해 버럭 소리를 질러도, 젊은 나이지만 벌써 이마가 조금은 벗겨지고 눈매가 깊은 젊은이는, 전혀 흔들림 없이 꾸벅 고개를 숙여 보이며 말했다.

"죄송합니다. 급한 마음에 실례했습니다. 저는 아카사카에서 사설 학교를 세워 난학, 네덜란드어, 서양 병학을 가르치며 병기 연구에 몰두하고 있는 일개 사무라이 가쓰 린타로(勝麟太郎)라 합니다."

"그대의 직분을 보면 대표 사절에 합류할 정도는 아닌 것 같은데?"

병호가 직설적으로 의문 사항을 묻자 린타로라는 젊은이는 그래도 전혀 당황하지 않고 답했다.

"제가 일본에서는 서양 배에 대해 조금은 안다고 이름이 알려졌는지라, 노중의 자문역으로 따라와 입회까지 하게 되었습니다."

"흐흠……!"

병호가 침음으로 답을 대신하고 있지만, 이자야말로 원역사에서 가쓰 가이슈(勝海舟)라는 이름으로 불리며, 일본 해군의 창시자이자, 메이지유신의 중재자로 이름을 떨치게 되는 유명한 인물이었다.

아무튼 병호가 한동안 인상을 쓰고 답을 않자 린타로가 다시 공손히 고개를 조아리며 말했다.

"답을 기대하고 있습니다."

"사실이외다."

벌써부터 범속치 않은 의표(儀表)에 병호가 반존대를 하는데 다카히로의 태도는 여전히 변함이 없었다.

"무슨 말도 안 되는 소릴!"

"진정하시고 이는 간과할 문제가 아니란 말입니다. 양이들한테도 질 판에 해군력이 더 막강하다면 전쟁은 있을 수 없습니다."

"너는 나가라! 지금 누굴 돕고 있는 것이냐?"

"한마디만 청하고 물러나겠습니다."

타카히로의 말에도 린타로는 전혀 굴하지 않고 자신의 청을 말했다.

"더 이상의 확전을 자제해 주시고, 가능하다면 저를 대한제국의 해군에 입교시켜 주시면 고맙겠습니다."

"뭐라고? 네놈이 그래도 사무라이더냐?"

"흐흠……!"

타카히로가 노발대발하는데 반해 병호는 침중한 안색으로 생각에 잠겼다. 그러다 의견을 구하듯 이상적을 바라보니, 그가 승낙하라는 뜻인지 고개를 앞뒤로 주억거렸다.

"그전에 한 가지만 물읍시다."

"얼마든지 하문하셔도 좋습니다. 각하!"

'각하'라는 칭호까지 사용하며 린타로가 거침없이 조선에 접근하는 기미를 보이자 타카히로의 표정이 흉하게 일그러졌다.

"우리의 해군을 배워 일본의 해군을 발전시키고 싶은 것이오?"

"솔직히 가능하다면 그렇게 하고 싶습니다."

"일본의 일부 유자(儒者)들 가운데는 정한론(征韓論)을 주장하는 자들도 있는 것으로 아는데, 이에 대해서는 어찌 생각하오?"

"그것은 가당치도 않은 일이라고 봅니다. 옛 조선이라면 가능했을지도 모르나 지금은 일본이 먹히지 않으면 다행일 것이니, 시대착오적인 발상이 아닌가 합니다. 각하!"

"그대의 안목이 빼어나군!"

"나가사키 상관에서 화란인들과 어울린 덕분에 세상에 대해 조금 깨인 것뿐입니다."

"헌데 노중이라는 분은 전혀 세상을 모르는데, 특히 조선에 대해서는."

"막부가 쇄국을 단행하면서 서양뿐만 아니라 조선에 대해서도 귀를 닫은 탓이 아닌가 합니다."

"들었소?"

"들으나 마나 우리 막부는 조선의 홋카이도 점령을 전혀 인정할 수 없으니 그런 줄 아시오."

"그게 정말 막부(幕府)의 의견이오? 아니면 당신, 마츠마에 번의 번주(藩主)로서의 생각이오?"

"끙……!"

타카히로가 대답을 못하고 괴로운 신음을 흘리는데 린타로가 대신 답을 했다.

"아직 막부도 명확한 결정을 내지리 않은 것으로 알고 있습니다. 회담 결과에 따라 대응이 달라지겠지만, 가능한 평화를 유지하는 것이 쇼군(將軍) 이하 오로들의 생각일 것입니다."

"이 매국노 같은 놈이라고! 썩 안 꺼져!"

린타로의 답변에 타카히로가 펄쩍 뛰어도 그는 시종 침착하기만 했다.

"대한제국 부총리의 답변만 듣고 나가겠습니다."

"허락하오!"

"정말이십니까?"

비로소 확연한 표정 변화를 보이는 린타로를 향해 병호는 확신을 심어주듯 힘주어 말했다.

"물론이오!"

"감사합니다. 각하!"

린타로가 곧 정중히 고개를 숙여 보이고는 퇴장을 하는데 병호 또한 자리에서 일어나며 말했다.

"오늘 면담은 이것으로 마치겠소. 정 할 말이 있으면 외무대신과 협의해 주시오."

타카히로의 의견은 더 들어볼 것도 없다는 듯 병호가 먼저 자리를 박차고 나가자, 타카히로는 한동안 망연한 얼굴로 천장을 바라보고 있었다.

그러자 이상적도 자리에서 일어나며 말했다.

"각하의 뜻이 확고부동하신 것 같습니다. 홋카이도, 아니, 북해남도에 대해서는 전혀 철수할 의사가 없고, 전쟁도 불사하겠다는 각오이신 것 같습니다. 하니 일본에서 양보할 사안이 있으면 나와의 회담을 요청하시되, 아니면 그냥 돌아가시는 게 좋을 것 같습니다."

"그것이 조선 왕실과 총리의 확실한 입장이라 생각해도 되오?"

"단언할 수 있습니다. 회담을 하시려면 뭘 알고 오시지. 요즘 대한제국을 움직이는 분은 누가 뭐래도 부총리 각하시니까 말이죠."

"끙……!"

다시 한번 괴로운 신음을 토하는 타카히로를 흘깃 한 번 바라본 이상적은 그길로 오경석을 손짓해 자리를 벗어났다. 이에 혼자 남게 된 타카히로는 한동안 망연히 천장을 바라보다가, 어쩔 수 없이 통역을 채근해 그 자리를 떠났다.

"가자!"

줄레줄레 뒤를 따라는 오십 줄의 나이든 조선어 통역 역시 어깨가 축 처져 그의 뒤를 따르고 있었다.

이렇게 일본 측으로 보면 아무 소득 없이 양국 간의 회담은 결렬되었고, 며칠 후 그들은 이내 귀국하고 말았다. 그러나 린타로만은 그가 말한 대로 조선에 남았다. 아니 병호의 청으로 그의 집에서 숙식을 하게 되었다.

*　　　*　　　*

타카히로를 비롯한 사절단이 한양을 떠나고도 이틀이 지난 저녁 무렵이었다. 다른 날과 달리 일찍 퇴근한 병호가 린타로를 자신의 방으로 불러들였다.

"부르셨습니까? 각하!"

"거기 앉아요."

병호는 오늘 애초부터 린타로와 대화를 작정했는지, 통역 오경석도 집으로 데리고 와 그를 맞고 있었다. 그리고 이미 주안상도 풍성하게 차려져 있어 술을 좋아하는 린타로의 목울대를 꿈틀거리게 하고 있었다.

"자, 내 술 한잔 받아요."

"감사합니다. 각하!"

병호가 따르는 술을 두 손으로 공손히 받는 린타로의 잔을 채워준 그가 여전히 술병을 놓지 않고 오경석을 향해 말했다.

"오늘 같은 날은 자네도 한잔하게."

"저는 통역을……!"

"술 좀 마신다고 해서 일본말을 못 알아듣거나, 조선말로 못 옮기는 것은 아니겠지?"

"그런 일은 전혀 없습니다. 각하!"

"그럼 마셔. 지금 이 일부터가 과외의 일이니, 그래야 내 마음부터 편해."

"알겠습니다. 각하!"

이렇게 해서 오경석까지 한 잔을 따라준 병호는 오경석이 따라주겠다는 것을 마다하고 스스로 자신의 잔에 술을 쳤다. 그리고 잔을 들고 말했다.

"우리 건배 한번 할까?"

"네, 각하!"

"대한제국과 일본의 우호 협력을 위하여!"

"위하여!"

오경석이 병호에게 배운 대로 큰 소리로 '위하여'를 외쳤다. 그런데 그것이 린타로를 배려한 일본어였다. 이에 감사하다는 뜻으로 고개를 한 번 꾸벅해 보인 린타로가 뒤늦게 위하여를 외치는데 어눌한 조선말이라 두 사람을 놀라게 했다.

"하하하! 역시 인재는 인재로고."

감탄한 병호가 린타로를 바라보며 말했다.

"당분간 우리 집에 머물며 조선의 문물을 많이 구경하도록. 내 사람을 하나 붙여줄 테니까 말이야."

"감사합니다. 각하!"

둘이 대화를 하는 사이 오경석이 재치 있게 병호와 린타로의 잔에 술을 쳤다. 그러자 린타로가 경석의 술병을 빼앗다시피 해 그의 잔에도 따라주었다.

둘의 하는 양을 흐뭇한 시선으로 바라보던 병호가 혼자 술

잔을 홀짝 비우는 것 같더니 이어서 말했다.

"나는 대한제국과 일본이 함께 번창하길 바라는 사람이오. 그러기 위해서는 양국 모두 양이들에게 수탈을 당하지 않는 것이 기본 전제인데, 그런 면에서 보면 조선은 이제 어느 정도 기반을 다진 것 같소."

"동감입니다만 일본도 그러기 위해서는 개국을 먼저 단행해야 되지 않을까 생각하는데, 각하의 의중은 어떠십니까?"

"물론 일본도 당연히 개국을 해야지. 하지만 청국을 보아 알 수 있듯 양이의 함포 아래 개국을 하게 되면, 불평등조약을 맺을 수밖에 없는 것이 문제지."

"그들에게 수탈을 당한다는 이야기겠지요?"

"한 마디를 말하면 두 마디를 알아듣는구먼."

일단 칭찬한 병호가 말을 이었다.

『조선의 봄』 6권에 계속…

초대형 24시 만화방

신간 100%, 샤워실, 흡연실, 수면실(침대석), 커플석, 세탁기 완비

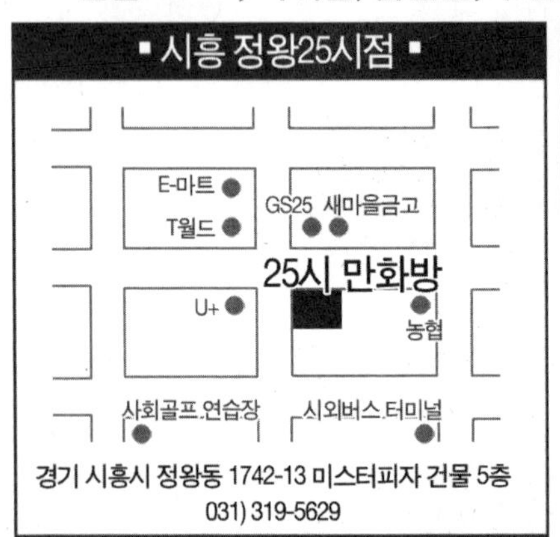

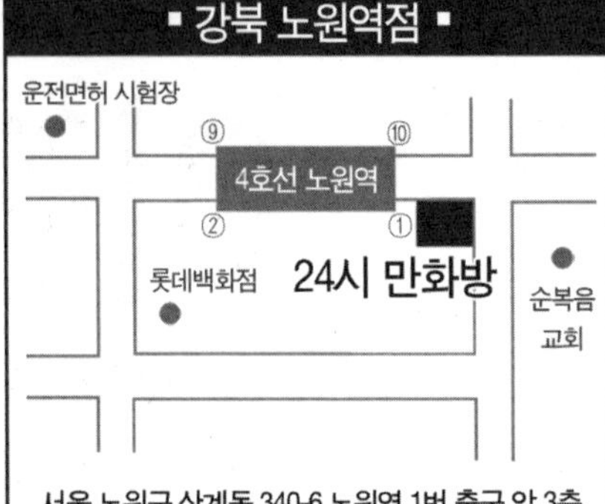

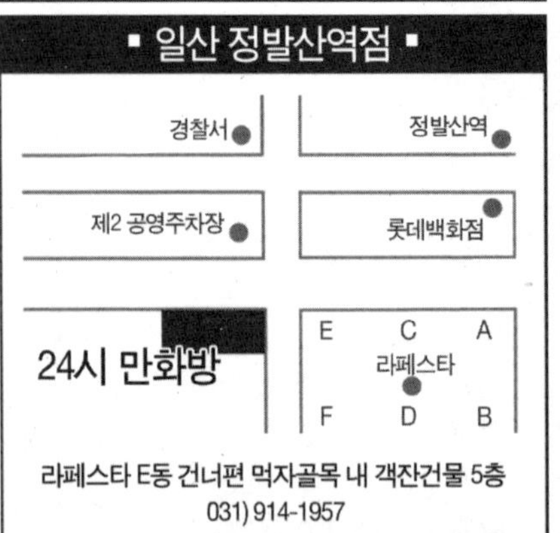

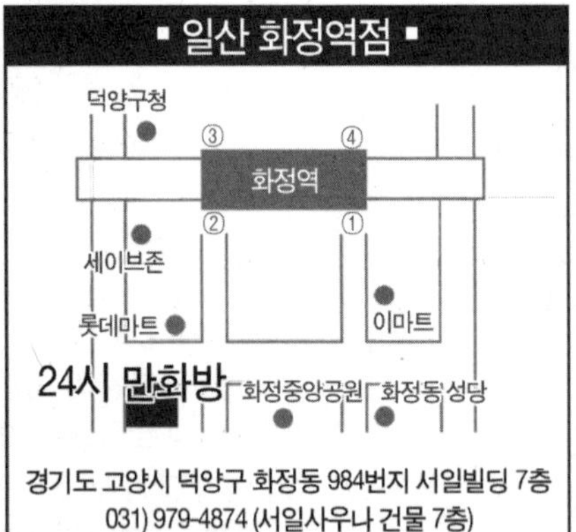

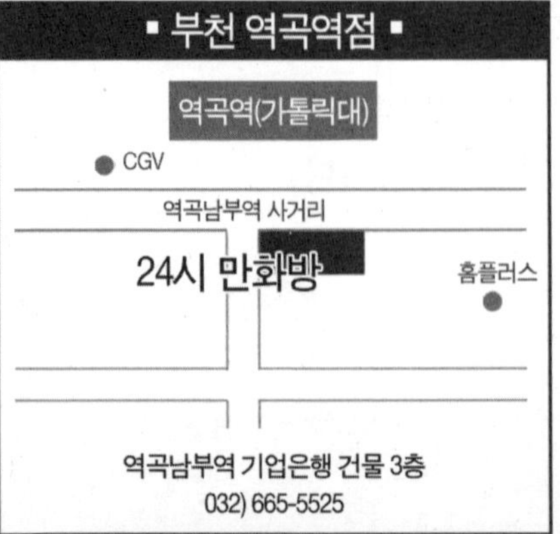

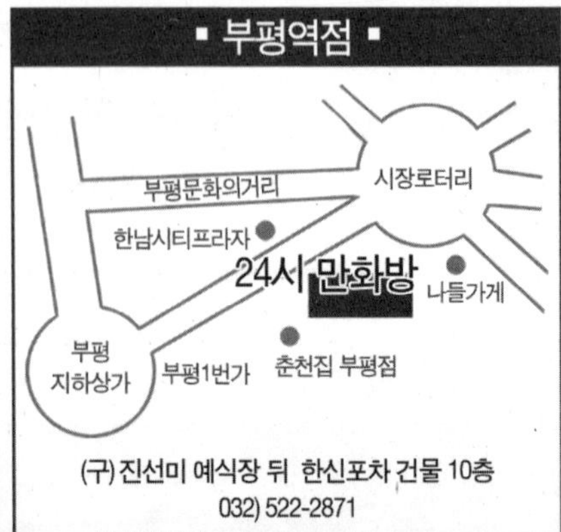

BORN ON
DATE